À procura do sol

série
JOVEMBRASIL

À *procura do sol*

LANNOY DORIN

IMAGENS ALEXANDRE RAMPAZO

Dados Internacionais de Catalogação na Publicação (CIP)
(Câmara Brasileira do Livro, SP, Brasil)

Dorin, Lannoy
  À procura do sol/ Lannoy Dorin ; [ilustrações Alexandre Rampazo]. – 2. ed. – São Paulo : Editora do Brasil, 2008. – (Série jovem Brasil)
  ISBN 978-85-10-04363-2
  1. Literatura juvenil I. Rampazo, Alexandre. II. Título. III. Série.

08-06371   CDD-028.5

Índices para catálogo sistemático:
1. Literatura juvenil   028.5

© Editora do Brasil S.A., 2008
Todos os direitos reservados

Texto © Lannoy Dorin
Imagens © Alexandre Rampazo

Direção-geral: Vicente de Paulo Tortamano Avanso
Direção adjunta: Maria Lúcia Kerr Cavalcante de Queiroz

Direção editorial: Cibele Mendes Curto Santos
Edição: Felipe Ramos Poletti
Coordenação de artes e editoração: Ricardo Borges
Auxílio editorial: Gilsandro Vieira Sales
Revisão: Eduardo Passos, Camila Gutierrez e Dora Helena Feres
Foto da capa: Corbis / Imageplus
Controle de processos editoriais: Marta Dias Portero

2ª edição / 7ª impressão, 2019
Impresso na Visão Gráfica e Editora

Rua Conselheiro Nébias, 887
São Paulo, SP – CEP: 01203-001
Fone: +55 11 3226-0311
www.editoradobrasil.com.br

*À memória do radialista Laerte Antonio Torelli,
querido e inesquecível amigo de juventude.*

1

Os remansenses costumam dizer que quem vier à sua cidade e beber da água da biquinha do Morro do Jacu jamais a deixará.

No caso de Tony Luz – nome artístico de Antônio Luís Pereira, um rapaz alto, de ombros largos, cabelos castanhos encrespados, olhos acinzentados e uma covinha no queixo –, sua permanência em Remanso não era devida a possíveis eflúvios envolventes da decantada água, mas simplesmente porque não podia ir para lugar algum por falta de dinheiro.

Tony estava há mais de um mês na pensão Sagrada Família. Ele fora locutor do serviço de alto-falantes de um parque de diversões – o Shangri-lá – que pouco depois de instalar-se em Remanso faliu e foi parar no ferro-velho. O proprietário, Antônio Almeida, pagou meia dúzia de credores e deu no pé, deixando seus empregados a ver navios. Alguns desses pobres infelizes conseguiram juntar seu parco dinheiro e deixar a cidade, mas Tony teve de ficar. Infelizmente, acabara de gastar o pouco que possuía na compra de um blusão de couro, uma camisa verde-limão, uma calça *jeans* e um par de tênis branco.

Como não tivesse outros dons que pudesse explorar senão sua aveludada voz – que seu Almeida rotulara de melíflua – e nem outras habilidades senão a de falar ao microfone, logo que se viu só e sem dinheiro, Tony procurou emprego na Rádio Clube de Remanso, a ZYR 2000, ex-PRC 90, e jocosamente apelidada pelo povo da terra de PRCebola. O motivo desse cognome pejorativo era devido ao fato de, num passado não muito distante, a emissora irradiar quase só novelas, gravadas por uma rádio de São Paulo, as quais faziam muita gente chorar. Mas a emissora, cujo *slogan* era "a estação do futuro", embora ainda vivesse no passado, não

7

precisava de outro locutor, pois já tinha Oliveira Júnior, a voz romântica da média sorocabana. Foi o que disse a Tony o proprietário da rádio, Eugênio Modesto, um homem de cinquenta anos, com vasta cabeleira grisalha nas têmporas, barba longa com alguns fios prateados, camisa esporte branca, um cigarro entre os dedos da mão esquerda e uma caneta esferográfica entre os da direita.

– Mas eu precisava tanto desse emprego... – lamentou Tony, com sua voz mansa e estendendo a mão para se despedir.

Eugênio levantou-se da cadeira giratória, apertou a mão de Tony e, talvez condoído pela tristeza estampada naquele rosto tão jovem, resolveu acender-lhe no coração uma leve esperança:

– Olha, meu rapaz, o Oliveira Júnior vive dizendo que tem propostas para trabalhar em emissoras da capital e que um dia deixará esta rádio, que eu ergui com muito amor, suor e lágrimas. Se isto realmente ocorrer, você poderá ter sua grande chance. Vamos esperar, não é mesmo?

– Mas pode ser também que ele nunca deixe a emissora – conveio Tony, com ar de desânimo.

– Sim, claro, é possível – concordou Eugênio. – Todavia, se houver vaga, você será avisado. A propósito, onde mora?

– Estou hospedado na pensão Sagrada Família.

– Ótimo.

– Então, até logo.

– Até.

Tony deixou o prédio da ZYR 2000 com um leve pressentimento de que um dia voltaria a falar com Eugênio Modesto e conseguiria o emprego. Algo lhe dizia que tudo era questão de tempo e paciência. Mas, quanto tempo?

Agora, esticado na cama, ele sonhava de olhos abertos: "Bem que esse tal de Oliveira Júnior podia se mandar de Remanso. Afinal, se ele diz que tem convites de rádios da capital, o que fica fazendo aqui neste fim de mundo? Puxa, eu preciso tanto de grana para pagar a pensão...".

Três batidas na porta cortaram seus pensamentos.

– Já vou – avisou.

Levantou-se, calçou o chinelo, foi até a porta e abriu-a. Era seu Diaulas, o dono da pensão.

– Que manda, seu Diaulas? – perguntou Tony, estranhando o olhar grave do velho.

O proprietário da pensão empertigou-se, estufou o peito, tossiu e disse com voz rouca:

– Preciso falar com você.

– Entre.

O homem entrou pisando forte e parou perto de uma mesinha.

Tony sentou-se na cama e apontou-lhe a cadeira.

– Não vou me sentar – disse seu Diaulas num tom de voz inamistoso. O que tenho a tratar é pouco e vou ser breve.

– Então diga.

– Seu mês já venceu faz tempo e quero saber se pretende me pagar ou não. Porque se não pagar...

Perplexo, Tony olhou de baixo para cima aquele homem franzino, quase calvo, rosto encovado, tez amarelada a indicar alguma possível doença crônica, e pensou em mandá-lo plantar batatas, mas conteve-se. Balançou a cabeça, como a dizer "sim senhor, mais essa agora?", e indagou:

– Por que o quê?

– Porque se você não vai me pagar, pode arrumar a mala e dar o fora hoje mesmo.

Tony ficou possesso. Sentiu o sangue subir à cabeça e teve vontade de pegar o velho pelos colarinhos e dar-lhes uns tabefes, mas controlou-se. Era preciso respeitar a idade do homem. Ficou coçando o queixo, enquanto escolhia as palavras com as quais pudesse revidar à investida do dono da pensão. Por fim, disse:

– O senhor sabe que o parque faliu, seu Almeida deu no pé e não pagou nem ao senhor nem a mim.

– Sim, sei, e daí? Preciso de dinheiro. Você vai me pagar? – Seu Diaulas pôs os punhos cerrados na cintura, soltou um risinho de escárnio e insistiu: – Vai me pagar?

– Eu vou lhe pagar – tentou tranquilizá-lo Tony, dizendo a si mesmo que era preciso ter muita paciência, pois se o homem era mesmo de maus bofes, sua esposa e cozinheira da hospedaria, d. Elisa, era uma santa e fora-lhe muito prestativa quando ele tivera um começo de pneumonia.

Seu Diaulas, porém, estava impaciente e parecia ter o firme propósito de complicar a já tão complicada vida de Tony. Soltou os punhos da cintura, bufou, foi até a janela, parou, encheu os pulmões, virou-se e perguntou:

— Quando você vai me pagar? Eu tenho minhas despesas, preciso de dinheiro, você me entende?

— Claro, né, seu Diaulas? Eu não sou burro, pô! Tenha um pouco de paciência, que logo ajeito a minha vida. Estou esperando uma vaga na rádio.

— Na PRCebola?

— Perfeitamente.

— E o que você vai ganhar dará para pagar a pensão?

— Se não der, peço a meu pai que mande a grana. Fique calminho, seja tolerante, que o senhor receberá tudo com juros. Eu nunca pensei em dar o calote no senhor.

O velho pareceu ter se convencido dos bons propósitos do rapaz. Dirigiu-se à porta, parou, deu meia-volta e, como se fosse outra pessoa, disse com voz suave:

— Você me desculpe, mas, infelizmente, sem dinheiro não posso tocar a pensão. Você sabe, há os caloteiros, como o pilantra do Antônio Almeida, aquele...

— É, ele fez um papelão não lhe pagando. Foi uma tremenda baixaria e logo com o senhor que é um bom homem. — O velho sorriu e fez com a mão um gesto de mais ou menos.

Tony abriu a porta, dando a entender a que nada mais tinham a conversar.

Seu Diaulas deu dois passos, atravessou a porta, virou-se e falou:

— Menino, eu lhe quero bem. Espero que não me decepcione.

— Isso não vai acontecer — garantiu-lhe o rapaz.

O velho sorriu e rumou para o refeitório.

Tony fechou a porta e retornou à cama. Esticou-se, pôs as mãos espalmadas sob a cabeça e ficou meditando na vida que vinha levando desde quando... Desde quando, hem?

2

Quando garoto, Tony, ou melhor, Antônio Luís, era alegre, gostava da escola e de praticar esportes. Adorava também passear com o pai pelas movimentadas ruas centrais de Londrina, no Paraná. Foi sempre um bom menino, que admirava o pai e tudo fazia para agradá-lo, até que, ao ingressar no Ensino Médio, um colega lhe abriu os olhos e ele teve a primeira e grande decepção de sua vida: descobriu que seu Manuel, o respeitável caixeiro-viajante seu Pereira, tinha uma amante, mantida por ele num luxuoso apartamento do centro da cidade. A partir de então, em sua memória foi lentamente se decompondo a imagem do pai-modelo, do amigo forte e poderoso, e em seu lugar surgindo a figura de um homem falso, mentiroso, mesquinho e frívolo, que se preocupava mais com o corpo, a roupa e as futilidades do que com o espírito e a moral.

Todavia, não fora só a mudança da imagem do pai a modificação que se operou na personalidade de Antônio Luís. Prisioneiro da timidez da idade, da dúvida de não saber como se comportar em relação a seu Pereira, foi dele se afastando. Passou mesmo a evitar, tanto quanto possível, o contato e o diálogo. Queria apenas saber por que sua mãe, d. Carmen, era traída, logo ela, uma mulher bonita, meiga, bondosa, afável, honestíssima e que vivia quase só para o lar, sem jamais reclamar do que quer que fosse.

Procurou sondar se o irmão e a irmã, ambos mais velhos que ele, sabiam do fato e poderiam explicar-lhe o porquê da conduta do pai. Os dois sabiam melhor que ele quem era realmente seu Pereira, mas o mandaram ficar calado e cuidar apenas de sua vida, que já fazia muito. Porém, como silenciar numa situação dessas? Precisava de alguém para confidenciar sua desilusão e, quem sabe?, receber conselhos sobre como agir em relação ao pai.

Um dia, na escola, se abriu com José Augusto, um rapaz magrinho, alto, de cabelos loiros, rosto pálido e olhos sempre avermelhados e parados, que estava um ano à sua frente e com o qual até então pouco conversara. Confessou estar confuso, sem saber o que fazer, que rumo tomar. José Augusto, depois de ouvi-lo pacientemente, disse que já tivera problemas semelhantes e que aprendera como superá-los. Ingressara num grupinho de jovens que, às escondidas e geralmente à noite, fumavam maconha.

– Maconha?! – espantou-se Antônio Luís.

José Augusto não se abalou com a reação assustada do amigo. Pelo contrário, com paciência e voz mansa procurou acalmá-lo:

– Por que não? Desencana... Maconha não é isso que os caretas dizem ser. Você dá uns pegas e começa a ver que seus problemas não são tão ruins como pensava que fossem. Quer dizer, você fica numa boa, tá ligado?

– Será? – duvidou Antônio Luís.

– Vem com a gente esta noite e experimenta. Se não gostar, esquece. Ninguém vai forçar você a ficar no grupo. – Parou, observou bem a cara de dúvida do amigo e seu gesto com as mãos, como a dizer "sei lá", e arrematou: – Não precisa encanar, cara. Você vai ver que é a coisa mais natural do planeta.

– Não... é que... que... sabe? – tentou explicar-se Antônio Luís sem conseguir.

– Legal. Eu passo na sua casa hoje à noite.

– Mas minha mãe...

– Diga que vai ao cinema ou estudar com alguns colegas. Inventa uma mentira qualquer, pô! Ou você não sabe que todo mundo mente?

– Sei, mas...

– Ah, cara, larga de ser careta! À noite a gente se vê, tá? Eu passo na sua casa lá pelas sete e meia – e José Augusto foi para a sala de aula, certo de que fisgara mais um peixe.

O grupo, a moçada, como se intitulava, reunia-se no quarto maior de uma república de estudantes. Eram quatro jovens – todos com mais idade que Antônio Luís – que fumavam maconha todas as noites. Entretanto, antes de partirem para a "viagem", trocavam ideias, rotulavam de caretas quem não estava na deles e proclamavam que a erva libertava as pessoas dos grilhões desta sociedade consumista, injusta, falsa, hipócrita, destrutiva.

Ao dar as primeiras puxadas numa bituca, num toco de maconha, Antônio Luís sentiu uma indescritível sensação de bem-estar e liberdade. Parecia que todos os problemas, as dúvidas e os conflitos haviam desaparecido de sua mente, e ele tinha, afinal, encontrado a paz de espírito de que tanto carecia. Porém, poucos minutos depois começou a ter a ilusão de que saía do solo e flutuava no espaço, iniciando uma viagem fantástica. Quando voltou a si, sentiu a cabeça zonza, a boca seca e uma necessidade insaciável de água. Pensou em sair dali e nunca mais voltar, mas teve medo de ser chamado de frouxo, de babaca, e ser posto de lado pela turma.

No dia seguinte, caiu na realidade e percebeu que aquilo nada tinha a ver com sua vida. Todavia, ao expor suas opiniões a José Augusto na escola, este o cobrou:

– Qual é, cara? Você só experimentou um pouquinho. Depois é que a coisa fica boa.

– Mas eu... – tentou objetar Antônio Luís, sendo interrompido pelo colega.

– Você não é macho, cara?

Ficou em conflito: não gostara da experiência, mas precisava de amigos, a turma parecia compreendê-lo, José Augusto lhe dava segurança e o valorizava. Precisava agir como homem. E ser homem era seguir o grupo. Acabou rendendo-se à necessidade de ter quem o ouvisse e o entendesse e voltou à república, engajando-se definitivamente no grupo, onde expunha seus problemas e criticava seu pai e irmãos. Os companheiros o apoiavam em suas críticas e explicavam-lhe que era assim mesmo: quem não puxava fumo estava por fora, era careta, jamais poderia entender a juventude.

Com o tempo, ele passou a faltar a algumas aulas e a mentir, principalmente à mãe, a fim de obter dinheiro. Dizia que precisava de grana para comprar material escolar, livros, CD's, pagar sua cota à comissão de formatura, coisas desse tipo. Assim, enganava a mãe para ter dinheiro e entregá-lo ao traficante, que fornecia os cigarros de maconha, os fininhos, os baseados. Tornara-se um viciado e um mau-caráter. Julgava-se, no entanto, o mais sabido e esperto dos rapazes de sua idade. Contestava tudo o que fosse diferente do que via e ouvia no grupo de "amigos". Quando na sala de aula algum colega apontava os males das drogas, ele ironizava: "Você fuma um? Não? Então como sabe?" Mentia: "Eu não entendo nada disso, mas não fico dando uma de moralista." E acusava: "Por que ninguém fala nada do tabaco e do álcool? Porque o governo ganha rios de dinheiro com eles. Ora, que diferença existe entre o governo e os traficantes de drogas?"

Os colegas de classe notavam profundas transformações na personalidade de Antônio Luís, mas, com exceção de quatro ou cinco, ninguém sabia a que atribuí-las. Ele, que fora bom aluno, agora estava entre os piores, vivia aéreo, dormia na maior parte das aulas, abandonara a prática de esportes e só obtinha notas na base de colas. Seu rosto cadavérico refletia o estado anêmico do corpo e sua conduta o desapego a tudo que outrora fora importante em sua vida.

Em casa, seu relacionamento com o pai e irmãos era péssimo. E para piorar ainda mais a situação, descobrira que seu Pereira, antes de ser viajante, fora um gerente de banco que só arranjava dinheiro aos clientes se levasse uma boa comissão. Por isso perdera o emprego.

Quanto aos irmãos Mauricio e Neusa, que estudavam na Faculdade, passou a vê-los como hipócritas. O pai pagava-lhes os estudos, punha-lhes dinheiro no bolso e os mantinha mudos e passivos. Quanta falsidade!... O melhor mesmo era viver noutro mundo.

Da maconha, que já minava seu organismo, Antônio Luís e seu grupo passaram para o "pó", a cocaína. Aspirando o que chamavam de ouro branco ou brilho, sentiam-se mais livres, tal qual aves na imensidão do céu. Nem de longe podiam imaginar que desciam para o inferno.

Um dia, porém, houve uma *blitz*, e a moçada, que estava chapada, não conseguiu fugir. Os policiais, entretanto, não puderam recolher provas materiais de que os rapazes consumiam drogas. Por esse motivo, o delegado os liberou. Mas, como conhecesse de longa data o pai de Antônio Luís, informou-o do ocorrido pelo telefone.

Seu Pereira nada disse à mulher. Esperou o filho no portão de entrada e quando este chegou, levou-o à garagem e exigiu explicações. Em vez de dar-lhe explicações, Antônio Luís fez-lhe acusações, culpando-o pela sua condição de dependente de drogas. E seu Pereira apontou todos os defeitos do filho, que no passado fora um bom menino, educado e estudioso. Terminou berrando:

– Você é um mau filho! Mal agradecido! Ingrato! Sempre teve de tudo, por que foi se envolver com esses viciados?!

– Eu nunca tive de tudo! – retrucou gritando Antônio Luís. – Eu queria apenas um pai que não me enganasse.

– E quando eu lhe enganei?! Quando?! Diga!

– O senhor trai a mamãe! Tem uma amante! Eu vi!

– O quê?!

– O senhor tem outra mulher.

Seu Pereira se alterou. Começou a suar frio no rosto pálido, passou as mãos na cabeleira grisalha e, sacudindo a cabeça negativamente, indagou:

– Quem lhe disse isso? Quem lhe disse essa infâmia?

– Eu já falei que vi.

– Onde? Onde?

– Ah, pai, deixa de encenar, tá?

– Mas... – balbuciou seu Pereira, inutilmente esforçando-se por encontrar palavras com as quais pudesse se eximir de culpa.

– Errei, pai – confessou Antônio Luís. – Talvez eu devesse ter batido um papo com o senhor, mas eu era inexperiente e estava desorientado. Foi aí que tudo começou.

– Mas nós podíamos nos entender.

– Como? Eu agora estou com esta terrível dependência. Ainda bem que nunca entrei na de picar veia e nem passei pro *crack*.

– Você pode ir para uma clínica.

– Não! – retorquiu energicamente o rapaz. – E nem quero que mamãe saiba de nada. O senhor leva sua vida, que eu vou tentar me libertar da prisão em que infelizmente me meti.

Antônio Luís tentou em vão libertar-se do vício. Continuou com a mesma turma, que se reunia no apartamento de um novo integrante, um filho de fazendeiro da região oeste do Estado. Mas, nas raras vezes em que falava com o pai, dizia ter abandonado o vício. Felizmente, a mãe nada sabia. Ela nunca sabia de coisa alguma e continuava tratando-o com amor e lhe dando dinheiro. E foi sobretudo por causa da bondade e da candura dela que ele começou a alimentar a vontade de cair fora daquele mundo de mentiras e ilusões.

Também o influenciou bastante uma palestra sobre as drogas e seus males proferida por um médico idoso, mas jovem em ideias, o qual dissera no encerramento de sua lição: "Os tóxicos em geral matam lentamente, o que é pior do que o suicídio, pois você cruza nas ruas todos os dias com verdadeiros cadáveres ambulantes, jovens que na primavera da vida teriam tanto a dar para a transformação deste mundo num mundo melhor". Era verdade, embora ele, Antônio Luís, pudesse acrescentar: a cocaína produz uma grande inquietação, seguida de depressão, e nas horas de lucidez o dependente tem medo de, desatinado, cometer qualquer loucura. Isto acontecia com ele.

Além do mais, no seu caso, as drogas jamais o haviam ajudado a resolver problema algum e ele percebia que era preciso dar um sentido à sua vida, começar a fazer coisas importantes para si e para os outros. Parara no tempo e estava se destruindo. Porém, como deixar o grupo? A pressão era muito grande e os traficantes poderiam puni-lo, pois ele era fonte de renda para eles. Entrara no mundo dos tóxicos sem saber que estava caminhando para uma prisão. Agora precisava libertar-se e voltar a ser o bom garoto que sempre fora antes de ser levado por José Augusto àquele antro de maconheiros.

Estava com 18 anos, era só esperar um pouco, ter paciência, que após o serviço militar escaparia da armadilha em que caíra. Seria uma tarefa difícil, árdua, mas não tinha alternativa, se quisesse continuar a viver e ser alguém. Sentia-se sozinho e dominado pela revolta. Então, era preciso trabalhar essa energia da revolta e transformá-la em força produtiva do bem. Era fazer o amargo transubstanciar-se em doce. Reconhecia que há diferentes formas de substituir o ódio e a amargura pelo amor e pela alegria. Mas como fazer isso?

Talvez tudo começasse a partir do momento em que sorrisse para o próximo e se oferecesse para auxiliá-lo, antes de cobrar-lhe qualquer coisa. Isso mesmo: descobrira que o principal agente de transformação de uma pessoa está dentro de si mesma. Contudo, como partir para essa mudança, se os indivíduos que o rodeavam eram fontes de ansiedade, raiva e ódio? E depois havia os traficantes, a pressão... Sim, estava encontrando um ponto de apoio dentro de si mesmo, mas teria de fugir, livrando-se da prisão em que por inexperiência se metera.

Aos tropeços e empurrado por professores e colegas, concluiu o ensino médio e avisou o pai que pretendia entrar num cursinho, caso não tivesse que servir ao Exército. Era mentira. Seu principal objetivo na vida era deixar o lar e ir para bem distante de Londrina.

No início do ano, foi chamado pelo Exército e logo dispensado do serviço militar por excesso de contingente. Então, de posse do certificado de reservista, decidiu partir.

Numa madrugada de fevereiro, sentou-se à mesinha do quarto e escreveu um bilhete à mãe, dizendo que partia em busca de uma vida plena de significado, que jamais a esqueceria e que pensava em voltar quando se sentisse realmente um homem dono de seu próprio destino. Terminou com um pedido de perdão e bênção.

Botou a mochila nas costas, abriu a janela, saltou para o corredor e ganhou a rua, com a convicção de que ali começava a existir uma outra pessoa.

Na estação rodoviária, comprou uma passagem para São Paulo pensando em despistar o pai, que provavelmente iria à sua procura. Na verdade, pretendia parar em alguma cidade do trajeto, arranjar uma pensão, trancar-se num quarto e suportar os efeitos da suspensão da droga. Já tinha lido numa revista que não se deve cortar abruptamente o consumo do tóxico por causa da dependência física e psicológica gerada por ele. Mas não tinha alternativa: ou cortava de uma vez os vínculos com o vício ou continuava na mesma vida sem sentido, autodestruindo-se lentamente.

Desceu em Ourinhos e foi para uma hospedaria que alugava só quartos. Pagou adiantadamente para ficar uma semana e avisou o dono que não queria ser importunado por ninguém. Foi aí, então, num quarto escuro e úmido, do qual só saía para comprar sanduíches, leite e água mineral no bar da esquina, que Antônio Luís sentiu os terríveis efeitos da supressão da cocaína. O organismo intoxicado e dependente reagia visando a regularizar suas funções, voltar ao normal, e as reações eram as piores possíveis: o coração batia acelerado, parecendo querer saltar do peito, o estômago queimava, a cabeça parecia que ia estourar, a boca sem uma gota de saliva, a respiração opressa, o suor frio no rosto e nas mãos e uma aflição insuportável, que não lhe permitia nem sentar-se. Rodava pelo quarto, ajoelhava-se, encolhia-se, retorcia-se, sufocava seus gritos com o travesseiro, mas as dores por todo o corpo não desapareciam. Desse modo passava a maior parte do dia e quando, de madrugada, conseguia pregar os olhos era porque estava esgotado.

No sétimo dia, ao romper da aurora, acordou, pegou a calça e viu que só tinha dinheiro para uma média e um pão com margarina. Sentia-se debilitado e sem vontade de sair do quarto, mas uma voz interior lhe dizia: "Levante-se, vá. Siga seu caminho, suportando todos os sofrimentos".

Tomou um banho frio, vestiu uma roupa limpa, botou a mochila nas costas e, mesmo sentindo dores por todo o corpo e a ansiedade a corroer-lhe as entranhas, saiu à procura de emprego.

Correu todas as principais casas comerciais do centro e nada. Ninguém estava interessado num rapaz sem especialização alguma e que não podia indicar uma fonte sequer de referência sobre sua pessoa.

Cansado, triste e desiludido, parou num parque de diversões.

Perguntou a um negro alto e musculoso, que consertava um motor, quem era o dono do parque e ele lhe indicou seu Antônio Almeida, um senhor magro, de estatura média, cabelos brancos, rosto ovalado, nariz aquilino e olhos pequeninos que não paravam um segundo sequer.

– O senhor tem vaga pra empregado? – perguntou Antônio Luís, aproximando-se.

– Você é daqui? – quis saber o velho.

– Não. Eu vim do Sul. Estou sem grana e preciso trabalhar.

Seu Almeida mirou o rapaz de baixo para cima, apontou-lhe o dedo indicador e indagou:

– O que você sabe fazer?

– Bem... eu... Qualquer coisa. Estou duro e preciso trabalhar, ganhar algum dinheiro.

– Mas você parece ser um jovem apessoado – observou seu Almeida, ensaiando um sorriso de descrédito.

– Pareço, mas não sou. Desejo dar um rumo diferente à minha vida e estou querendo começar de baixo. Acho que só desse jeito descobrirei realmente por que a gente vive.

O homem sorriu e perguntou:

– Mas a vida tem sentido, meu rapaz?

– Sei lá. Deve ter. E se não tiver, a gente dá um pra ela. É o que pretendo fazer daqui pra frente. Nos últimos anos, vivi na escuridão e agora estou à procura do Sol, à procura da luz, o senhor me entende?

– Sim... – O velho fez uma pausa, ficou estudando o semblante triste do moço e completou: – Qual é o seu nome?

– Antônio Luís Pereira – respondeu prontamente o rapaz.

– Nome de grã-fino, hem, garoto? – troçou seu Almeida.

– Pode ser. Mas eu gostaria de trocá-lo.

– Por quê?

– Por motivos pessoais. Não é nada com a polícia ou coisa desse tipo. Não precisa ter medo. Mas o senhor tem emprego pra mim?

– O que você sabe fazer?

– Já lhe disse: qualquer coisa. Na minha situação, topo qualquer parada.

– Você sabe lidar com aparelhagem de som? Entende de eletricidade?

– Conheço alguma coisa.

– Sabe Português?

– Pro gasto. Estudei um pouco. Por quê?

– É que estou precisando de uma pessoa pra cuidar do serviço de alto-falantes e da parte elétrica do parque. Trabalhava comigo um sujeito muito bom. Porém começou a beber além da conta e tive que meter-lhe um pé nos fundilhos ontem. De modo que, se você quiser, pode começar hoje.

– E quanto vou ganhar?

– Salário mínimo e uma boa pensão. Em toda cidade que paro faço questão de escolher uma hospedaria de primeira. Então?...

– Eu topo.

– Muito bem, rapaz. Vamos para aquele ônibus velho. É o estúdio.

Enquanto caminhavam, seu Almeida quis saber de Antônio Luís que pseudônimo pretendia usar, já que manifestara desejo de mudar de nome.

– Não sei. Talvez Tom.

– Ou Tony Luz.

– Tony Luz?

– Ora, você não disse que é um jovem à procura do Sol, da luz. Então é Tony Luz.

– É... é uma boa.

Foi assim que no Parque Shangrilá, Antônio Luís passou a ser Tony Luz que, no entanto, herdara de sua sombra a tentação de voltar à cocaína. Muitas vezes teve vontade de recorrer à maconha, que talvez fosse a única saída para reduzir os distúrbios do organismo e a aflição que tanto o torturava. Todavia, lutou com todas as forças que possuía para evitar o retorno ao inferno. E foi ao sair vencedor nessa luta que descobriu ser dono de si mesmo e capaz de caminhar com as próprias pernas em busca de uma vida plena de significado, uma vida que imitasse a da boa árvore, que dá flores e frutos.

Após Ourinhos, em dois anos e meio vieram vinte cidades, até que em Remanso o parque foi para o ferro-velho e ele se viu só e sem dinheiro.

Tony levantou-se, foi à janela, inspirou fundo o ar puro da manhã e pensou: "O bom do passado é que passou. Preciso fazer muitas coisas no futuro, como rever minha mãe, já que não fui legal com ela. Mas a ponte para o futuro é o presente. E neste momento preciso de emprego e dinheiro. Que tal voltar à PRCebola e ver se aquele barbudo me quebra o galho?".

Pegou a toalha, foi ao banheiro, lavou o rosto, escovou os dentes, ajeitou os cabelos e, sem saber porquê, ficou analisando seu rosto no espelho e lembrou-se de uma poesia que lera num jornal interiorano. Os versos finais ele memorizara muito bem:

A vida é uma luta.
Não seria vida, se luta não fosse.
Viver, porém, não é apenas lutar.
Fácil seria se fosse.
Viver, realmente, é vencer.

Voltou ao quarto, jogou a toalha sobre a cama, vestiu o blusão de couro e disse a si mesmo: "Se não conseguir nada na rádio, vou correr esta cidade inteira até ficar com os joelhos inchados, mas que vou arranjar um emprego, ah, isso não tem a menor dúvida. Hei de vencer, custe o que custar".

Saiu, bateu a porta com força e foi para a rua pisando firme e decidido a resolver seu problema.

A Rádio Clube estava instalada em cinco salas do andar superior de um velho prédio de fachada azul na avenida principal da cidade. No andar térreo havia duas lojas e um bar, o Avenida. Ao lado deste, uma porta alta era a entrada da ZYR 2000.

Tony subiu os vinte degraus da escada e parou na portaria, onde uma jovem loira, de rosto maquiado, lábios com batom rosa e olhos azuis perdidos atrás de longos cílios, digitava o que parecia ser uma carta.

Ele tossiu para chamar a atenção dela, que parou de digitar, sorriu por cortesia e disse:

– Às suas ordens.

– Bom dia.

– Bom dia. O que deseja?

– O proprietário está? – e Tony encostou-se no batente da porta.

Ela mirou aquele jovem espadaúdo, de olhos acinzentados, cabelos castanhos quase ruivos e uma covinha no queixo, e informou sorridente:

– Está sim. Na sala dele. Pode bater na porta.

Tony agradeceu a gentileza dela com o polegar levantado e foi até a porta que tinha uma tabuleta com a inscrição *Diretor*.

Bateu e de dentro veio o grito rouco:

– Entre!

Ele entrou.

Sentado atrás de uma mesa cheia de papéis, revistas e jornais estava Eugênio Modesto. Com uma mão cofiava a longa barba e com a outra batia uma caneta esferográfica num bloco de anotações, como se tivesse um problema a martelar-lhe a mente.

Quando o moço parou à sua frente, Eugênio soltou a caneta e perguntou:

– O que manda?

Tony respondeu prontamente:

– Vim ver se o senhor tem vaga pra locutor.

Eugênio o fitou, esqueceu da barba por um instante, e indagou:

– Você já não esteve aqui?

– Já, mas não havia vaga.

– Como é mesmo seu nome?

– Tony Luz. Bem, o meu nome é outro, mas...

– Isso é o de menos – e Eugênio levantou-se, empurrou para trás a cadeira giratória, volteou a mesa, sentou-se nela e indicou uma poltrona ao rapaz. – Sente-se. Fique à vontade.

O dono da rádio tirou do bolso da camisa o maço de cigarros, ofereceu um a Tony, que agradeceu e informou que não fumava. Puxou um cigarro, acendeu-o, deu uma tragada e o pôs no cinzeiro. Passou uma mão na cabeça para assentar os cabelos desalinhados e sorriu.

Tony tentou adivinhar o que ele pensava:

– Já sei, não tem vaga.

– Não, não é isso. Eu estava aqui falando comigo mesmo que um de nós é um sujeito de sorte.

– Por quê?

– Oliveira Júnior deixou a rádio ontem. Disse que peixe grande não nada em rio pequeno e que ia pra São Paulo. De forma que estou precisando de um bom locutor. Você tem experiência?

– Eu era locutor do Parque Shangrilá.

– Sei...

– Ele faliu e o dono me deixou na pior. Estou devendo na pensão...

– Isso a gente ajeita, se der certo.

– Mas vai dar.

Eugênio pegou o cigarro, deu uma tragada e tornou a pô-lo no cinzeiro. Olhou bem para o rapaz com pinta de galã de TV e perguntou:

– Será?

– Claro. Eu tenho certeza que vai dar certo, porque acredito em mim, compreende?

Eugênio alisou a barba e observou:

– É... você parece ter boa voz. Pode começar.

– E quanto vou ganhar?

– Dois salários mínimos. Mas o salário vai subir logo. – Eugênio deu outra tragada e perguntou: – O que você acha?

– Depende de quantas horas vou ter que trabalhar.

– O Oliveira trabalhava do meio-dia à meia-noite. E o salário dele era esse mesmo que lhe propus.

Tony coçou a cabeça. Não podia perder a oportunidade, mas ganharia tão pouco e trabalharia tantas horas... Bem, poderia ficar no emprego por uns dois meses e depois ir embora de Remanso.

Eugênio cismou que o moço estava em dúvida e o forçou a decidir-se, pois no fundo alguma coisa lhe dizia que o jovem sentado à sua frente era exatamente o tipo de pessoa que necessitava para o lugar de Oliveira Júnior: boa estampa e voz maviosa.

– Então, vai trabalhar com a gente?

Tony passou a mão no queixo, depois coçou a cabeça, revelando sua indecisão.

– Aceita? – insistiu o dono da rádio.

– Tá – respondeu Tony, fazendo uma pausa e em seguida alertando: – Mas há um porém.

– Porém? Que porém?

– Gostaria de deixar acertado que, se eu for bem, terei a possibilidade de comprar horários da rádio para revendê-los aos meus clientes.

– Puxa, rapaz – admirou-se Eugênio – você nem começou a trabalhar e já fala em seus clientes! Acredita tanto assim em você mesmo?

– A vida já me ensinou muitas coisas. A principal delas é que, se uma pessoa não acredita em si mesma, nunca será alguém neste mundo. Mas... como ficamos?

– Tudo bem, jovem. Você poderá bolar os programas que quiser e me apresentar suas ideias. Se forem boas... A verdade, Tony, é que não posso continuar só com música sertaneja. A programação da noite, por exemplo, está um lixo e eu não tenho tempo para modificá-la. O Oliveira Júnior, que era o encarregado...

Tony, achando que o papo estava indo longe demais, cortou a fala de Eugênio:

– Olha, um momento. Isso é fácil de ser feito. O que quero saber é quando exatamente devo começar.

– Amanhã mesmo.

– Está bem, seu Eugênio.

– Eugênio, apenas. Nada de seu. Não sou tão velho quanto pareço.

– Ok, Eugênio. Começo amanhã ao meio-dia.

– Então... toca aqui!

Levantaram-se, apertaram-se as mãos e encaminharam-se até à porta.

À saída, Tony, meio constrangido, arriscou um pedido:

– Eugênio, será que dá para me adiantar uma grana? Preciso pagar a pensão.

– Depois a gente vê isso. Se você for bom de microfone...

– Tá. Então, até amanhã.

– Até.

4

A Rádio Clube apresentava, ao raiar do sol, um programa de música sertaneja, Aurora no Sertão, comandado por Nhô Zeca, um velho inimigo da língua nacional e que teimava em falar bobagens para matar o tempo.

Após o programa de Nhô Zeca, entrava o Brasil 2000, escrito e apresentado por Rita, a secretária de rosto sempre maquiado. Era uma miscelânea de boleros, rasqueados e guarânias entrecortados por notícias em geral, horóscopo, receitas culinárias e conselhos práticos às "amáveis rainhas do lar", como, por exemplo, a técnica de tirar a goma de mascar que grudou no vestido de baile.

Às 12h, ia para o ar a Crônica das Doze, redigida pelo prof. Rufino Leocádio, catedrático de Português, tido por muitos como expoente-mor da cultura remansense. Via de regra, era um panegírico a alguma figura considerada importante ou alguma filigrana literária sobre uma obra poética, um romance, a primavera, o maravilhoso arrebol da tarde em Remanso, enfim, coisas dessa natureza.

Em seguida, entrava o Patrulha da Cidade, um noticiário policial da região e do Estado. Às vezes eram encaixadas notícias do resto do Brasil e do mundo, desde que fossem sensacionais, como a prisão de um mafioso internacional ou a descoberta de que um famoso galã de Hollywood se divorciara.

Aí morriam as novidades da emissora, porque no resto da tarde e à noite eram apresentadas novelas gravadas por uma rádio de São Paulo e músicas de péssima qualidade.

O primeiro dia de trabalho de Tony, conforme o contrato, começou às 12h e ele procurou desempenhar seu papel da melhor forma possível.

Caprichou na dicção e evitou erros de pronúncia, principalmente das palavras inglesas. Mas após o encerramento da programação, à meia-noite, disse a si mesmo: "Entrei numa gelada. A não ser que... A não ser que... Sim, por que não? Bolo uns programas melhores, me arrisco a comprar pelo menos o horário da tarde e, quem sabe?, descolo uma boa grana. Isso mesmo. Vou falar com o chefe".

No dia seguinte, logo pela manhã, Tony foi à rádio.

Passou pela portaria, perguntou à Rita se o patrão estava. Ela respondeu com o polegar para cima. Ele jogou um beijo para ela e foi à sala de Eugênio.

Bateu na porta e ouviu a ordem:

– Entre!

Entrou e levou bronca do proprietário da rádio:

– Oh, Tony, você não precisa bater na minha porta.

– Questão de hábito e de educação.

– Tá. Sente-se.

Tony sentou-se numa poltrona e ficou estudando o semblante de Eugênio, que assinava uns papéis. Alguma coisa lhe dizia que o homem estava feliz. E estava mesmo.

– Parabéns, Tony – começou o dono da rádio largando a caneta, apoiando os cotovelos na mesa e esfregando as mãos. Você tem uma bela voz. Ontem à noite, no Remanso Clube – Eugênio era assíduo frequentador das mesas de carteado do clube da elite – várias pessoas vieram me elogiar pela conquista de um ótimo locutor.

– E você gostou, né?

– Claro. Houve até um velho que me lembrou ser sua voz parecida com a de um antigo e famoso locutor.

– Quem?

– Ah, você nem ouviu falar dele. Infelizmente, já faleceu. Se eu tivesse ido para o Rio quando me chamaram, teria trabalhado com ele. Porque eu, naquele tempo, modéstia à parte...

Tony o interrompeu:

– Perdão, Eugênio, mas eu estou com uma pressa dos diabos. Por isso gostaria de lhe dizer o que vim fazer aqui.

– Sim, diga.

– Vim pedir-lhe um adiantamento, pois preciso pagar a pensão.

– Ah, sim, sei.

– E também venho lhe propor que me venda o horário da tarde. Pretendo lançar um programa que vai dar audiência total na cidade.

– Audiência total? Que programa é esse?

– É segredo. Quero saber se você topa.

Eugênio levantou-se e ficou alisando a barba, enquanto fitava o rapaz e se perguntava: "Que diabo de programa é esse?". Por fim, concordou:

– Tudo bem. Veja a tabela de preços com a Rita na portaria e mande brasa. Você também pode comprar o horário da noite, se quiser. Mas me diga uma coisa: que programa é esse que vai lançar? Cuidado, hem?!

– Vou matar a sua curiosidade. É o Você Pede e a Gente Repete.

– Como é?

Tony pôs-se a explicar que o programa começaria às 13h, logo após o Patrulha da Cidade. Ele apresentaria música jovem das 13 às 15h e os ouvintes poderiam pedir por telefone a reprise das suas músicas preferidas, que seriam irradiadas das 15 às 17h.

– Você acha que vai colar? – perguntou Eugênio meio cético.

– Lógico! Lanço o programa, ele emplaca de cara e numa semana arranjo os patrocinadores.

– Então, vai fundo, garoto.

– E o adiantamento?

– Que adiantamento?

– O dinheiro da pensão. Preciso de cem ou mais.

– Tá. Vou fazer o cheque e lhe dar em confiança. Gostei de você porque tem gana.

– Obrigado, chefe. Pode confiar em mim que não irei decepcioná-lo. Vou conquistar Remanso. Sonho alto. E quem sabe até um dia poderei comprar sua rádio.

– E eu vendo. Há vinte anos, Tony, instalei tudo isso aqui. Dei meu sangue para melhorar o nível cultural desta cidade e hoje vejo que ninguém reconhece o que fiz por esta Pindaíba dos diabos – referia-se ao antigo nome de Remanso. – Tem hora que penso em vender a emissora e dar no pé. Porque, e você não sabe por ser novato aqui, tenho capacidade e nada me prende a este chão. Não sou casado, não tenho filhos... Sabe, Tony, tive vários convites para trabalhar em rádios do Rio de Janeiro. No entanto, por causa de meus ideais, não fui. Se remorso matasse...

– Vai ver que era sua missão ficar aqui.

– É. Talvez sim. Mas já estou cansado de injustiças. Nas últimas eleições, candidatei-me a vereador e não tive nem cinquenta votos. O povo preferiu eleger esses espécimes que aí estão, uma verdadeira fauna. Se eu quisesse usar a rádio contra esses pés-rapados, esses pobres pequeno-burgueses que comem manjuba e querem arrotar caviar...

Tony não estava nem um pouco interessado em continuar ouvindo as lamúrias de Eugênio. Queria pegar logo o cheque e levá-lo a seu Diaulas, que à hora do café tornara a cobrá-lo. Por isso interrompeu o discurso do dono da rádio:

– Olha, Eugênio, você vai me perdoar, mas estou com muita pressa. Podia me dar o cheque?

– Ah, sim, como não? Vou lhe dar duzentos.

De posse do cheque, Tony foi correndo para a pensão Sagrada Família pagar parte da dívida, conforme prometera a seu Diaulas.

5

A audiência da ZYR 2000 dobrou duas semanas após a estreia de Tony Luz, o que lhe permitiu fechar contratos de publicidade com umas trinta firmas industriais e comerciais. Mas esse sucesso não se deveu somente à suave voz do novo locutor e aos novos programas que lançara à tarde e à noite (Hoje como Ontem e Sonhando com Você). Ele modificara profundamente a Crônica das Doze, o Patrulha da Cidade e o programa esportivo Bola de Meia, que ia ao ar das 17 às 18h.

Até a chegada de Tony, a crônica, escrita pelo prof. Rufino Leocádio, era geralmente chocha no conteúdo, apesar de rica na forma. Uma bexiga colorida, como a rotulara com razão certa feita o gongórico dr. Glicério Barbosa, advogado, professor de Português na Escola de Comércio e presidente da Câmara Municipal.

Tony havia tentado por diversas vezes conversar com o prof. Rufino, que tomava refeições na Sagrada Família, a fim de pedir-lhe que enfocasse em suas crônicas os mais graves problemas que afligiam a população, principalmente a de baixa renda. O professor, porém, estava sempre a evitá-lo, pretextando qualquer compromisso urgente e inadiável. Tony já estava irritado com essa atitude dele. Afinal, se era um homem polido, por que então se mostrava arredio, até deselegante? Estaria cismado que sua crônica seria cortada da programação? Bem, a única forma de saber disso era pegar o celibatário professor em sua casa.

Num sábado à tarde, Tony foi à casa de Rufino, na verdade uma velha mansão no Largo da Matriz, herança de seu pai, o Coronel Leocádio, que fora figura proeminente na política local.

Tocou a campainha e uma velha senhora baixa, gorda, de cabelos prateados e avental branco, veio atender:

– Às suas ordens.

– Preciso falar com o professor.

– Qual é seu nome?

– Tony Luz. Diga que é urgente.

– Sim – e ela entrou.

Pouco depois chegou o professor, de chinelas e envolto num chambre listrado de preto e vermelho. Abriu o portão, cumprimentou Tony e o convidou a entrar.

Na ampla sala de estar, havia um sofá, duas poltronas, uma mesinha de centro, uma cadeira de balanço, três quadros a óleo dependurados na parede, duas estantes repletas de livros, e um aparelho de som.

O professor indicou uma poltrona a Tony e sentou-se noutra à sua frente. Cruzou as pernas, ajeitou os óculos, passou a mão na vasta cabeleira grisalha, nas têmporas e no topete e indagou o motivo da visita.

– Estou há dias pretendendo conversar com o senhor – começou Tony –, mas não tem sido possível.

– É... – cortou-o o professor. – Ando muito ocupado.

– Acontece – prosseguiu Tony – que sou um seu admirador, acho que o senhor é uma grande cabeça e por certo irá me entender.

– Houve algum problema?

– Não, nada. O senhor sabe que estou reformulando a programação da rádio, não?

O professor descruzou as pernas, fitou o rapaz por sobre o aro dos óculos e pensou: "Agora esse menino vai me dizer que precisa tirar minha crônica da programação, alegando que lugar de literatura é em sala de aula, ou coisa desse tipo. Afinal, ele está com a carta branca dada por Eugênio e vai querer colocar algum programa apelativo para os jovens e terá que cortar meus cinco minutos. Ou então sua intenção é simplesmente eliminar a crônica por não gostar dela".

– O senhor sabe, não? – repetiu Tony.

– Sim, sei. Mas... continue.

– Pois bem, meu objetivo é reformular tudo na rádio, tanto na forma como no conteúdo, de modo que ela seja de fato um veículo de comunicação atuante. É preciso conscientizar o povo das causas de seus problemas e de como ele poderá se organizar para solucioná-los. – Parou, notou que o prof. Rufino ensaiava um sorriso e perguntou: – O senhor discorda?

– Não, não é isso. É que enquanto você falava, me lembrei de um pensamento de Agostinho Neto, que em vida foi presidente de Angola. Esse grande líder disse: "Não basta que seja pura e justa a nossa causa; é preciso que a pureza e a justiça existam dentro de nós." Concorda?

– Sim, como não?

– É óbvio, meu caro rapaz, que pense assim. Pela sua fala percebi que tem um bom nível intelectual, apesar de tão jovem. Estuda em alguma escola de Sorocaba?

– Não, mestre. Terminei o ensino médio e parei. Não devia, não é mesmo? Entretanto tive uma série de problemas que não é bom nem lembrar. Mas pra mim a grande escola tem sido a vida, porque até sair pelo mundo não tinha sido um bom aluno. Perdi muito tempo não aproveitando tudo o que uma escola pode dar. Mas... O professor o cortou:

– Você fala muito bem. Ou melhor, pensa e fala.

– Também gosto de ler. Leio de tudo.

– Um ótimo hábito, do qual jamais se arrependerá, principalmente na velhice. A leitura é a grande companheira dos velhos.

– Das crianças também, não? – observou Tony sorrindo. – Ela lhes abre as portas do conhecimento sobre o mundo.

– Sem dúvida. – O professor cruzou as pernas, tirou os óculos, limpou as lentes na lapela do chambre e resolveu ir ao que o mantinha ansioso: – Mas você me dizia que está reformulando a programação...

– Ah, sim. E por isso vim vê-lo. Desejo que o senhor escreva crônicas com conteúdo contundente. Nada de elogios gratuitos. É preciso fazer críticas agressivas, denunciar tudo que está errado. Alguém precisa falar pelo povo, sem demagogia, é claro. E esse alguém é o senhor.

– Grato pela consideração – agradeceu o professor, com um risinho no canto da boca. – Então você quer que eu fale pelo povo.

– É isso aí.

– E por certo contra o Eleutério Bezerra.

– Sim, se for o caso.

– Mas o Eugênio está ligado ao prefeito.

– Mais ao dinheiro, mestre. O senhor sabe melhor que eu em que tipo de sociedade vivemos. Ou não?

– Talvez sim. – Fez uma pausa, coçou o nariz e indagou: – Então você quer que eu escreva sobre o quê, especificamente?

– Sobre... sobre... Bem, o senhor tem que sondar a opinião pública.

– Certo, caro mancebo. Vou me expor e ficar sujeito às porretadas do prefeito e seus cupinchas a troco de banana?

– Não.

– Mas até hoje o Eugênio só me fez promessas. E de promessas, chegam as do prefeito. – Parou, respirou fundo e mentiu: – Eu estava até para largar de escrever.

– Nada disso, professor. O senhor põe o preço em seu trabalho e a gente vê se dá para pagar.

– Tudo bem, meu rapaz. Escreverei as crônicas e você fará os cortes que julgar convenientes. Vou falar da água suja que é servida à população, esse tal de chocolate, dos terrenos baldios tomados pelo mato, do lixo atômico que uma firma da capital despeja aqui por perto, da mordomia dos políticos...

– É isso aí, mestre. Então, conto com o senhor?

– Sem sombra de dúvida.

Despediram-se com um aperto de mão e um sorriso.

Na rua, Tony tirou o lenço, enxugou o suor do rosto, pensou em como é difícil conversar com certos intelectuais, bufou e exclamou: "Eta vida complicada, sô!".

A partir desse dia, o prof. Rufino Leocádio passou a denunciar todas as mazelas da sociedade e a ineficiência da administração pública. O resultado não poderia ter sido melhor. Às 12h, os remansenses ligavam seus receptores na emissora local para ouvir Tony interpretar a crônica do professor que, com coragem e franqueza, apontava os problemas da cidade, revelava as falcatruas dos políticos e orientava os munícipes sobre como lutar pelos seus direitos e moralização dos costumes.

O Patrulha da Cidade também passou por sensíveis modificações.

Tony contratara João Cruz, um rapaz baixinho, gorducho, de cabelos negros encaracolados e olhos grandes, que trabalhava no jornal bi-semanário Novos Tempos, para fazer a cobertura dos fatos policiais. João, que estava numa pindaíba de dar dó, aceitara na hora o convite e exigira que a rádio lhe cedesse um gravador, no que foi prontamente atendido por Eugênio Modesto.

No Patrulha também eram lidas notícias recortadas dos jornais da capital e da região. Era o que Tony chamava de "gillete press".

Porém, não era só o farto noticiário que tornara o programa um sucesso. Este, em boa parte, era devido à forma como Tony apresentava os fatos policiais, com uma narração novelesca e a descrição psicológica dos personagens de assaltos e assassinatos.

No programa esportivo Bola de Meia, Tony trocou as enfadonhas notícias e informações dos clubes de São Paulo por um amplo noticiário dos da cidade, principalmente do Remanso Futebol Clube, um time formado por jogadores profissionais. A audiência cresceu bastante porque todos os esportistas queriam ouvir seu nome na Rádio Clube.

Para redigir o noticiário esportivo e narrar os jogos, Tony designou Vivaldino das Dores, um moço alto, magro, moreno, de boa voz e muito fôlego e que há cinco anos incumbia-se da programação musical, da redação de textos de propaganda e da cobertura das sessões da Câmara de Vereadores nas noites de segunda-feira.

Quanto aos novos programas, além do Você Pede e a Gente Repete, eram apresentados à noite o Hoje como Ontem, com músicas brasileiras antigas, e o Sonhando com Você, uma seleção de músicas românticas nacionais e internacionais, entrecortadas de poesias interpretadas com muito sentimento.

Todos esses programas tiveram êxito imediato e por isso Tony estava contente. Mas não feliz. Percebia que faltava um grande acontecimento, um fato sensacional que abalasse a população e permitisse à ZYR 2000 ter audiência total no município. Ele imaginava um crime passional com nuanças diferentes dos relatados no Patrulha da Cidade, um suicídio de pessoa da alta sociedade, uma greve dos empregados de cerâmicas e olarias, uma imagem de santo de alguma capelinha a verter sangue, a aterrissagem de um disco voador em algum sítio, um incêndio na favela do Canta-Sapo, ou a queda do mais alto edifício de Remanso, o Ouro Verde, com seis andares. Enfim, desejava ardentemente a ocorrência de um evento que por si só fosse capaz de sensibilizar o povo e permitisse levantar definitivamente o conceito da emissora, cujo slogan agora era "a rádio à frente da televisão".

Essa aspiração de Tony nascia de uma espécie de pressentimento, que o fazia volta e meia perguntar-se: "Será que não vai acontecer nada de excepcional nesta cidadezinha?". E uma vozinha, que brotava das profundezas de seu inconsciente, respondia: "Tenha calma e aguarde, que você terá brevemente uma grande surpresa. É preciso ter apenas um pouco de paciência".

Realmente, a surpresa não tardou, mas não lhe trouxe a tão sonhada e esperada felicidade.

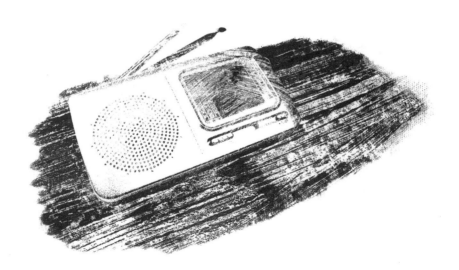

6

No dia 6 de novembro, uma sexta-feira, por volta das 11h30, quando havia somente uns cinco ou seis clientes no principal banco da cidade e os dois seguranças papeavam com um caixa, entraram quatro indivíduos trajados de terno escuro e gravata. Dois estavam de chapéu cinza e portavam uma maleta preta de executivo de empresa. Um de chapéu ficou próximo à porta de vidro da entrada e o outro foi até a mesa de seu Ramirez, o calvo e magríssimo gerente. Discretamente, o homem dobrou-se sobre a mesa, apontou o revólver para o gerente e sussurrou:

– Isto é um assalto. Se gritar ou fizer qualquer gesto, prego-lhe fogo. Entendeu?

Seu Ramirez empalideceu e mal teve força para abanar a cabeça assentindo.

– Agora vá para os fundos – ordenou o assaltante.

Ao mesmo tempo, os dois sem chapéu renderam os guardas, tomaram-lhes as armas e um deles gritou:

– Todos para os banheiros! Se alguém abrir o bico, morre!

Imediatamente, o que ficara à entrada, fechou a porta e colocou um cartão com a inscrição voltada para fora: "Atendimento ao público só a partir das 13 horas". Feito isso, correu para o cofre, que infelizmente àquela hora achava-se aberto.

Um dos ladrões ficou tomando conta dos funcionários e clientes que tinham sido levados aos dois sanitários, enquanto os outros pegavam o dinheiro dos caixas e do cofre.

Num dos banheiros ficou o guarda, seu Pascoal, um homem de meia idade, magro, alto e quase calvo. Ele acompanhava atentamente pela fresta da porta os movimentos do ladrão que ficara como vigia e a todo instante tirava o quepe, enxugava o suor da testa com a mão e repetia a si mesmo que precisava fazer alguma coisa. Mas como? Talvez abrindo a porta bem depressa, correndo, saltando sobre o ladrão, tomando-lhe a metralhadora portátil – era o único que tinha uma –, e rapidamente atirando nele e nos outros três bandidos. Não, seria uma loucura. Se cometesse o menor erro, o assaltante o alvejaria e fim. Mas como ficar ali, vendo mulheres chorando e homens pálidos como cadáveres? Afinal, ele, o mais antigo dos guardas de banco de Remanso, tinha um dever a cumprir e um nome a zelar. Precisava agir, para que depois ninguém o chamasse de fraco, mole, covarde. Sim, jamais iria admitir ser tachado de frouxo por quem quer que fosse.

Pois foi no momento que d. Zizinha, uma velha beata muito querida na cidade e que fora depositar o dinheiro de esmolas da igreja matriz, desmaiou que ele sentiu um impulso incontrolável para agir. Esperou uma pequena distração do assaltante e rapidamente abriu a porta, correu e atirou-se sobre ele. Tomou-lhe a arma e quando ia colocá-lo à sua frente como proteção e atirar nos outros, levou dois tiros no abdômen de um dos ladrões que saía do cofre. Seu Pascoal soltou a arma, e antes de tombar tornou a ser alvejado nas costas. Caiu e ficou estirado, aparentemente morto.

Após os disparos, os assaltantes olharam para a porta e assustaram-se com um grupo de pessoas que batiam na porta de vidro.

Um deles gritou:

– Vamos embora!

Com duas maletas e dois sacos de lona cheios de dinheiro, correram para a porta dos fundos, que dava acesso ao estacionamento de carros. Atravessaram-no e na rua os aguardava um carro com o motor ligado.

Entraram e o motorista, disfarçado em chofer particular, com quepe e terno azul-marinho, acelerou e saiu queimando pneus.

Tão logo os bandidos fugiram, todos que estavam nos sanitários correram para socorrer seu Pascoal. O gerente ajoelhou-se junto ao guarda, que jazia estirado, inconsciente e perdendo muito sangue. Levou a mão a seu peito e disse:

– Felizmente ainda está vivo.

D. Belinha, a mais antiga funcionária do banco, começou a chorar.

– Calma, gente! – gritou seu Ramirez, ao notar que todos estavam desesperados e querendo fazer alguma coisa pelo guarda. Depois chamou dois funcionários e ordenou: – Telefonem para a santa casa e para a polícia.

Segurando o pranto e ajoelhando-se junto ao guarda, d. Zizinha lastimou:

– O pior é que a gente não pode fazer nada por ele.

– Só rezar – sussurrou o gerente.

– Então rezemos.

Pouco depois chegava a ambulância com o dr. Waldir e dois enfermeiros.

O médico e os enfermeiros com uma maca entraram no banco correndo e, empurrando as pessoas que se aglomeravam em torno de seu Pascoal, agacharam-se.

O dr. Waldir tomou o pulso do guarda e espantou-se:

– É incrível, mas está vivo. Perdeu tanto sangue... – Ergueu-se e fez sinal para os enfermeiros levarem o ferido para a ambulância.

Quando a ambulância saía rumo à santa casa, chegava o camburão da polícia com três soldados.

Dois praças desceram da viatura, passaram pelos curiosos que estavam na calçada pedindo que saíssem da porta, entraram no banco e foram direto à mesa de seu Ramirez.

João Soldado, alto, gordo, pardo e meio calvo, que há duas décadas servia em Remanso, obteve do gerente a descrição do rosto dos assaltantes, enquanto Alfeu, o outro soldado, loiro e magricela, verificava com o subgerente o montante aproximado do roubo.

A ação dos policiais ficou apenas nisso, pois, consoante explicação de João ao gerente, a delegacia estava sem dinheiro para comprar gasolina.

– E mesmo que tivesse – completou João – não dava para perseguir a gangue, porque a cidade ficaria desprotegida.

Seu Ramirez levantou as sobrancelhas, cerrou os lábios, encheu as bochechas, coçou a careca suada e murmurou:

– Estamos perdidos.

Esses fatos, tal como relatamos, foram levados ao conhecimento da população no programa Patrulha da Cidade pouco tempo após sua ocorrência e de modo *sui generis*.

Acontece que João Cruz, o sagaz repórter, na hora do assalto estava no banco e com o gravador a tiracolo, como de costume. E quando foi levado para o banheiro, ligou o aparelho e pôs-se a gravar tudo que podia ver pela fresta da porta. Mais tarde, entrevistou o gerente e foi correndo para a rádio.

Subiu a escada voando e parou na porta da sala de locução, o estúdio 03, o único da rádio. Ficou esperando a entrada das mensagens publicitárias gravadas em fita, para abrir a porta e contar tudo a Tony.

Três minutos depois, narrou a Tony os fatos e explicou como fizera a gravação *in loco* no maior furo de reportagem da história de Remanso.

– Então entregue a fita ao Pali, que vai pro ar já! – ordenou Tony, radiante.

– Vai ser um estouro – vaticinou o repórter, indo para a sala da técnica.

Entregou a fita a Palimércio, um jovem mulato magricela, que vivia rindo à toa e contando piadas, apesar de seu baixo salário. Sentou-se num banquinho e fez sinal de positivo com o dedão para Tony, do outro lado do visor. Este respondeu com o mesmo gesto e Palimércio acendeu a luz vermelha da sala de locução.

– Prezados ouvintes – começou Tony com voz pausada –, acaba de ocorrer o maior assalto a banco da história de Remanso. Tal roubo foi presenciado pelo perspicaz repórter João Cruz que, num sensacional furo de reportagem, gravou todos os episódios do lamentável acontecimento. Essa gravação, que, diga-se de passagem, poderá ter grande importância para a Polícia, caso tenha condições de perseguir os bandidos, é o que mandaremos para o ar agora – e fez sinal para Palimércio ligar o gravador.

Tony levantou-se, deixou o estúdio e foi para a sala da técnica. Sentou-se num banquinho ao lado de João e ficou repetindo a todo momento: "Espetacular! Espetacular!...".

Quando terminou a reportagem, Palimércio elevou o som do fundo musical do programa – uma gravação de Pink Floyd – e Tony ordenou a João Cruz:

– Gordinho, agora você vai à santa casa ver como está o guarda e depois à delegacia. Informe-se de tudo e de hora em hora telefone pra cá que o Pali manda você pro ar. É preciso manter a população em suspense.

7

A reportagem do assalto ao banco foi importante para Tony, porque lhe permitiu provar ao povo que a emissora estava onde os fatos aconteciam. Mas mais importante ainda eram os *flashes* de João Cruz diretamente da santa casa, onde estava internado seu Pascoal, já cognominado pela população de "guarda-herói". Os remansenses torciam para que ele não morresse, e João Cruz, há três semanas, mantinha os ouvintes da ZYR 2000 em estado de contínua e profunda apreensão, ou, no dizer de Tony, de "rentável suspense". Por isso, quando o astuto repórter entrou na sala de Eugênio, Tony, que folheava um livro de poesias, saltou da cadeira, deu um murro na mesa, esbravejou e sentenciou, com um tom de melancolia:

– Infelizmente, perdemos a galinha dos ovos de ouro.

João Cruz sentou-se num sofá, esperou que o amigo serenasse, e falou:

– Infelizmente, uma ova.

– O quê?! – estranhou Tony, erguendo-se e indo para a outra poltrona.

– Eu disse infelizmente uma ova. É que o pobre infeliz está numa pior que eu vou te contar.

– Pior? Que pior?

– É que ele ficou paralítico.

– Pô, cara! – berrou Tony. – Por que você não disse isso antes?

Tony, levantando as mãos a mostrar irritação, o parou:

– Tá. Você tem razão. – Baixou a cabeça, ficou olhando para o tênis e refletindo sobre o que dissera. Depois perguntou: – E a família dele?

– Está numa situação bem ruim – respondeu João coçando o cocuruto. – O homem ganhava pouco mais de dois salários mínimos e pra cobrir as despesas da casa fazia biscates como garçom. Agora...

– E os filhos não trabalham?

– A filha tem uns dezesseis anos, mas não consegue arranjar emprego para meio período. O pai não quer que ela largue de estudar e nem que estude à noite. E o rapaz, que deve ter uns vinte anos, é marceneiro e pela roupa dele deve ganhar um ordenado mixuruca.

Tony levou as mãos à cabeça, arregalou os olhos, franziu a testa e confessou:

– Você sabe que estou sentindo remorso?

– Do quê?

– Do que eu disse. Da galinha dos ovos de ouro. Puxa, eu não tinha o direito de desejar o mal do próximo para me promover. Tinha, João?

– Você é humano – observou o amigo com um risinho meio sarcástico.

– É mesmo. Infelizmente, muitas vezes o homem só pensa em si mesmo e isto é muito ruim. É falta de amor. Se eu pudesse fazer alguma coisa por essa família...

– Seria uma boa. Por que você não pergunta pra eles? Pegue a caminhonete da rádio e vá lá. Garanto que seu Pascoal gostará de sua visita.

– Não, não vou. Eles poderão pensar que a gente tá querendo faturar em cima deles.

– Pode ser.

– Então, meu caro companheiro, cuidemos de nossa vida. – Parou, fitou bem João Cruz e perguntou: – Alguma novidade da polícia?

– Neca. Dos assaltantes, nem sinal. Aliás, como sempre, e você sabe disso.

– Puxa, gordinho, a gente tá precisando tanto de outro fato excepcional... Ficar só na base da "gillete press" não dá. Mas que se vai fazer, né? O negócio é ter resignação, tocar o barco e esperar.

– É... é esperar – concordou João, levantando-se. – E se você precisar de mim, estou na sala do Viva. Inté.

– Inté.

Tony permaneceu sentado, olhando para o teto cinzento refletindo sobre a infelicidade de seu Pascoal e imaginando como a família estaria enfrentando a adversidade. Depois foi para o estúdio apresentar os programas da tarde, mas seu Pascoal não saiu de sua cabeça. Até que se decidiu por visitar o pobre guarda.

Comeu um sanduíche no Avenida, pegou a caminhonete e rumou para a Vila Popular.

Parou defronte o bar Nunca Fecha, desceu e foi perguntar ao dono onde morava seu Pascoal.

– O guarda-herói!? – quis certificar-se o senhor.

– É. O do banco.

O velho saiu à porta e, apontando uma casa pequena de tijolos à vista e um pequeno jardim à frente, disse:

– É ali mesmo, onde tem uma arvorezinha na frente.

Tony agradeceu e foi até a casa, onde, no alpendre, uma senhora magra, trajando um vestido surrado e tendo um lenço branco a prender-lhe os cabelos, regava uns vasos de xaxim.

Ele parou a caminhonete entre a arvorezinha e um poste de iluminação. Desceu, achegou-se ao portãozinho de ferro e cumprimentou a mulher:

– Boa noite.

– Boa noite – respondeu ela, pondo a caneca na mureta que separava o alpendre do jardim. E quando se aproximou do portãozinho, Tony se apresentou:

– Sou Tony Luz, da rádio. Vim fazer uma visitinha a seu Pascoal.

– Ah, sim, muito obrigada. Vamos entrar.

Na sala, sentados no sofá e assistindo a televisão, estavam uma jovem e um moço. Ela era morena, com os cabelos longos e cacheados, os olhos grandes e castanhos, e os lábios grossos. Trajava uma blusa branca, calça jeans e calçava tênis azuis. O rapaz também era moreno e tinha os cabelos curtos, o rosto pálido e duas acentuadas olheiras. Vestia uma camiseta bege, calça jeans e calçava sapatões.

A senhora apresentou Tony aos dois:

– Filhos, este moço é o Tony Luz, da rádio. Veio visitar o pai.

– Vamos entrar – e a senhora apontou o quarto.

Tony entrou e logo a mulher colocou uma cadeira do lado da cabeceira do leito, enquanto informava ao marido quem era o visitante.

– Muito obrigado por sua visita – agradeceu seu Pascoal. – O senhor é muito gentil.

– Nada de senhor. Mas... como vai, seu Pascoal?

– Papai está bem – disse a jovem, entrando. – Só que reclama muito que não poderá mais andar. Eu já cansei de dizer pra ele que estando vivo já é uma satisfação pra nós.

Tony balançou a cabeça, dando a entender que compreendia o que se escondia atrás das palavras dela. E, voltando-se a seu Pascoal, comentou:

– O senhor é muito querido na cidade. Todos o têm como um herói, pois arriscou sua vida para cumprir um dever.

– Arrisquei a vida e fiquei deste jeito – redarguiu seu Pascoal com visível amargor.

Tony olhou para a senhora, que estava de pé do lado oposto do leito e ela fez uma expressão com o rosto, como a dizer que o marido sempre se lamentava. Então, procurando um meio de mudar o rumo da conversa, Tony disse:

– Mas o senhor superará esse problema. E se eu puder ajudá-lo...

– Obrigado, moço. Acontece, porém, que... sabe?... não poderei mais sair desta cama e penso nos meus filhos. Eles ainda precisam de mim. – Fechou os olhos e esforçou-se para reprimir o choro.

O filho, que entrava, procurou tranquilizá-lo:

– Calma, pai. Já lhe disse várias vezes que o senhor não precisa se preocupar com a gente. Nós é que temos de fazer de tudo para vê-lo andar de novo.

O rapaz sabia que o pai dificilmente voltaria a andar, contudo não encontrava outra forma de animá-lo senão mentindo.

Seu Pascoal, porém, replicou:

– Não se iluda, Luís, porque eu nunca sairei desta cama.

– Pascoal ainda está muito deprimido – explicou a mulher a Tony. Em seguida, indagou: – Você deve imaginar a luta que ele travou contra a morte, não?

– Sim, imagino – respondeu Tony sem convicção. – Nunca fui à santa casa para não atrapalhar, mas acompanhei tudo pelo João Cruz, o repórter. Infelizmente, dona...

– Filomena.

– Dona Filomena, esta vida é uma passagem muito difícil.

Seu Pascoal fitou a mulher e tentou explicar-lhe seu estado de alma:

– Filó, eu não estou deprimido coisa alguma. Acontece que sou realista. O doutor Waldir disse...

A filha o interrompeu, propositadamente:

– Papai, se o senhor não puder andar mesmo, a gente arruma uma cadeira de rodas.

– Como? – interveio d. Filomena, erguendo as sobrancelhas.

Tony não sabia o que dizer, enquanto seu Pascoal, mulher e filhos, tentando mudar de assunto, mais se enroscavam no drama que viviam. Ficou segurando o queixo e conjeturando sobre a origem dessa terrível inclinação humana para gerar e cultuar a morbidez. Por que não cortava a conversa? Mas como, se mal conhecia aquela gente? Não tinha autoridade alguma para dizer àquele pobre homem que ele só tinha uma saída, a de esforçar-se para sair do leito. E nem para dizer à mulher que parasse de gastar tempo com palavras e mais palavras vãs, pois o que ela e os filhos tinham a fazer era arranjar uma cadeira de rodas para seu Pascoal. Ah, sim, pela cara que ela fizera em resposta à filha, o que se depreendia era que o grande problema estava em como conseguir uma cadeira de rodas. Deu uma vista d'olhos nos móveis do quarto e concluiu: eram realmente pobres.

D. Filomena, notando que haviam falado muito, esquecendo-se que tinham visita, achou uma boa desculpa para pôr fim àquela conversa chocha que não levava a coisa alguma:

– Aceita um cafezinho, Tony?

Ele levou um pequeno susto, mas logo se recompôs.

– Oh, não, não, muito obrigado. Infelizmente, tenho de voltar à rádio. – Virou-se para seu Pascoal e, apontando o radinho de pilha sobre o criado-mudo, perguntou: – Que músicas o senhor gostaria de ouvir no meu programa das oito e meia?

– Eu?

– É. Gostaria de lhe oferecer um programa.

– Bem, eu gosto das músicas antigas.

– Então o Hoje como Ontem desta noite será pro senhor.

– Obrigado.

Tony virou-se para a moça:

– E você, como é seu nome?

– Marta – respondeu ela, timidamente.

– De que tipo de música gosta?

– Por quê? – indagou ela, fazendo-se de desentendida.

– Porque no Sonhando com Você, que faço das dez e meia à meia noite... Conhece? – Ela assentiu com a cabeça, ele prosseguiu: – Nesse programa eu gostaria de tocar algumas de suas músicas preferidas. Do que você gosta?

– Ah, eu gosto de tudo, principalmente de músicas românticas. E você?

– Eu... eu também. – Voltou-se a seu Pascoal e estendeu a mão: – Tenho que ir, sabe?

– Sim. Obrigado. Você foi muito bondoso vindo me ver.

Tony levantou-se e desejou-lhe força e esperança. Em seguida, despediu-se de d. Filomena, de Luís e, quando pegou na mão de Marta, sentiu-a fria e suada. Segurou-a demoradamente, enquanto vislumbrava nos olhos castanhos dela uma grande necessidade de segurança e uma profunda vontade de amar.

Ele deixou a casa de seu Pascoal com uma ideia fixa: teria de fazer alguma coisa por aquela família tão acolhedora quanto carente de auxílio. Que tal conseguir uma cadeira de rodas? Mas como? O banco? Sim, ele teria que doá-la.

No dia seguinte, pela manhã, foi ao banco e fez o pedido de uma cadeira de rodas a seu Ramirez.

– O banco não pode dá-la – respondeu secamente o gerente.

– Como?! – retrucou Tony. – Não diga isso. O homem quase perdeu a vida, ficou paralítico defendendo os interesses de banqueiros e agora o senhor vem com essa de que o banco não pode?

– Não tenho verba para isso.

– Olha, seu Ramirez, pode falar com a matriz que se não derem a cadeira ao guarda vou fazer campanha na rádio contra este banco. O senhor sabe que eu ponho a boca no trombone mesmo.

O gerente tentou contra-argumentar:

– Mas...

– O senhor pode mandar a cadeira e por favor não lhe diga que fui eu quem pediu. Diga que é presente do banco, apenas isso – virou as costas e saiu.

Tony não queria que seu Pascoal e a família soubessem que fizera o pedido, porque talvez tomassem a cadeira como uma espécie de esmola e se sentiriam humilhados. Por isso blefara com seu Ramirez. Jamais faria campanha contra o banco, ainda mais porque perderia um ótimo cliente da rádio. No entanto, não tinha alternativa. Ou tinha?

Três dias depois, o gerente telefonou-lhe informando que levara pessoalmente uma cadeira novinha a seu Pascoal e que ele ficara felicíssimo.

Há um velho ditado que diz: "Quem faz o bem não morre sem vintém". Pois foi dele que se lembrou Tony quando João Cruz, aproximando-se de sua mesa, na sala de Eugênio, disse-lhe que fora encontrado num matagal entre a Vila popular e a favela do Canta-Sapo, mais conhecido como Matinho Seco, o cadáver de uma garota de 11 anos. Levado ao necrotério da santa casa e autopsiada pelo dr. Waldir, constatou-se que fora violentada antes de ser enforcada com uma cordinha.

– Mas aconteceu isso mesmo?! – exclamou Tony, meio descrente.

– Sim, foi isso mesmo – confirmou João.

Tony levantou-se, começou a rir e, exultante, gritou:

– Pô! cara, você foi grande, sabe?! Era exatamente disso que a gente precisava.

– Da morte de uma menina? – observou João, baixando a cabeça em sinal de censura.

Tony sentou-se, dobrou os cotovelos sobre a mesa, segurou a cabeça com as mãos espalmadas, caiu em si e se recriminou:

– Puxa, estou perdendo o senso de dignidade. – Olhou para João, procurando uma palavra amiga, este deu de ombros e ele prosseguiu em sua autocrítica. – Não foi pra isso que tentei mudar minha vida. Não tenho o direito de ficar contente, quando os pais dessa infeliz estão sentindo a pior dor do mundo.

– Tá bom, Tony – cortou-o João. – Você já se censurou, se justificou. Todos nós estamos sujeitos a essas fraquezas e não vai adiantar nada ficar aí se culpando. Toma – jogou-lhe duas folhas digitadas e emendou: – Taí a notícia. Tá supercaprichada.

47

Tony pegou as folhas, agradeceu, levantou-se, foi para o estúdio 03 e, após o prefixo do Patrulha da Cidade, começou a leitura do texto:

"Foi encontrada morta no mato entre a Vila Popular e o Canta-Sapo a menor Isabel Cristina, que residia na rua 6, número 200 da Vila Popular.

Em várias partes de seu corpinho havia marcas a indicarem que tentara resistir à sanha do assassino que a enforcou usando uma cordinha.

A população da Vila está revoltada com essa tragédia, porque Isabel Cristina era muito querida por todos que a conheciam.

Pelo que nossa reportagem pôde apurar, a infeliz garota saiu no fim da tarde de ontem com uma cesta de pães feitos em casa para vendê-los no bairro, como fazia habitualmente.

Lá pelas dezoito horas, ela voltou para casa, pegou mais três pãezinhos e saiu, não mais retornando. Seu pai esteve no bar do Zé Pinguela, que o informou ter comprado um pão da garota pouco depois das dezoito horas e notado que ela subiu rumo ao Canta-Sapo.

Seu Alberto, o pai, procurou em vão a filha por toda a Vila Popular e pelo Canta-Sapo. Não a encontrou e pensou que ela fugira, pois tivera uma discussão com a mãe, d. Cida, lá pelas cinco horas.

Hoje pela manhã a polícia foi avisada pelo telefone, por alguém que não quis se identificar, que havia uma garota morta no chamado Matinho Seco.

Os policiais rumaram para o local e encontraram o cadáver da menor estirado sob uma arvorezinha, com uma cesta de taquara vazia a seu lado.

O doutor Edson, delegado de polícia, suspeita que o autor desse brutal assassinato seja o mesmo que há tempos, na Vila Alemã, matou a menor Sílvia.

Com profunda mágoa, seu Alberto, narrou às autoridades policiais que chegou a Remanso há pouco mais de um ano e trabalhava como ajudante de pedreiro, tendo ficado desempregado há pouco tempo. Pensou em voltar para o Mato Grosso do Sul, de onde viera, mas não tinha dinheiro. Então a mulher passou a fazer pães, que eram vendidos na rua por ele e por sua filhinha.

Contou ainda o desditoso senhor que Isabel Cristina estudava na escola de ensino fundamental do bairro no período da tarde, sendo que depois saía para efetuar suas vendas.

Com esse crime, a cidade vive em clima de invulgar tensão, pois foi praticado de modo semelhante ao de Sílvia, que ocorreu há alguns meses atrás. Isto quer dizer que há um maníaco sexual na cidade e que pode ser o mesmo homicida que com seus crimes bárbaros anda infelicitando as famílias de Rio Claro.

A polícia, o povo e a ZYR 2000 – a rádio à frente da televisão – estão unidos para a captura do famigerado maníaco. Por isso, se o amado ouvinte tiver alguma informação verídica sobre o caso, entre em contato com a polícia ou conosco. Mas cuidado com as informações falsas, pois isso poderá prejudicar as investigações e o facínora continuará solto.

Finalmente, um aviso às crianças: não andem sozinhas durante o dia e não saiam de casa à noite."

A notícia irradiada pela Rádio Clube a todos comoveu e na cidade não se falava noutra coisa senão no perigo que corriam as crianças de Remanso.

No jornal mural do 9º ano da tradicional escola estadual de Remanso, Mauro, um rapaz alto, magro e de cabelos longos, afixou a primeira página do jornal Novos Tempos com a manchete:

O MANÍACO SEXUAL FEZ MAIS UMA VÍTIMA:
MENOR ESTUPRADA E MORTA NO MATO SECO

O prof. Rufino Leocádio, quando entrou na sala para dar sua aula, avistou o jornal e, antes de fazer a chamada, perguntou:

– Quem colocou essa página do Novos Tempos no mural?

– Fui eu, professor – apresentou-se Mauro. – Pus aí para advertir as garotas.

– Fez muito bem – apoiou o professor, que aconselhou: – Olha, gente, é bom mesmo todos lerem a reportagem, porque, se esse maníaco sexual não for preso logo, o fato poderá se repetir com outra criança. Vocês que vêm dos bairros tomem muito cuidado.

Aproveitando o interesse da classe, o prof. Rufino resumiu em 45 minutos a história de *O Médico e o Monstro*, de Stevenson.

Após a aula de Português, entrou na sala o prof. Átila, um homem alto, troncudo, quase calvo e com o qual era impossível se manter um diálogo amistoso por muito tempo. Logo que abriu a caderneta de chamada, ele levantou a cabeça e viu a página do Novos Tempos afixada no quadro mural. Ficou vermelho como tomate maduro, levantou-se depressa, pôs os punhos cerrados na cintura e perguntou agressivamente:

— Quem pregou isso aí?!

— Fui eu — respondeu Mauro, levantando-se.

— Você não sabe que escola não é lugar para se pregar notícias imundas como essa aí?

— Mas eu, professor...

— Não tem "mas eu" coisa nenhuma! Você tem que tirar isso daí e já! Essa imundície é uma afronta ao pudor, à moral!

— Não vou tirar coisa alguma — replicou Mauro.

— Como?!

— É isso mesmo. O que tem demais todo mundo ficar sabendo que uma menina foi violentada e morta por um maníaco sexual?

O professor não esperava essa resposta do aluno, que julgou um desrespeito, um desacato, uma afronta.

— Então eu mesmo tiro! — berrou seu Átila, dando dois passos e parando à frente do mural.

Nisto, Marta, a filha de seu Pascoal, levantou-se e advertiu o colérico professor:

— Acho que o senhor não devia tirar essa página daí, porque o mural é do professor Rufino.

— E ele aprovou essa sem-vergonhice?!

— Aprovou — respondeu Mauro. — Ele acha que a verdade deve ser conhecida. Ele não é do tipo de professor que anda por aí querendo queimar livros só porque eles trazem para a sala de aula a verdadeira realidade.

Seu Átila bufou e berrou:

— Pare! Isso não tem cabimento! No intervalo vou falar com dona Neusa! Esta escola...

Os alunos sabiam que d. Neusa, a diretora, não suportava a presença do prof. Átila, que só dava aulas porque tinha muitos pontos e no início do ano ficava classificado sempre em primeiro lugar.

– Ela vai dizer ao senhor que não concorda com sua opinião – ponderou Marta.

O professor foi até a mesa, encostou-se nela, encarou bem Marta e indagou:

– Você não acha que é muito petulante, menina?

Quando Marta ia responder, Patrícia, uma garota alta, de cabelos curtos e olhos grandes, que sentava a seu lado, sussurrou-lhe:

– Sente-se e deixe comigo. – Ergueu-se, encarou o professor e disse com raiva: – Todos nós pensamos como Martinha. E também achamos que o senhor não tem razão em criticar o Mauro, que é ótimo aluno.

– O que é isso?! – retrucou seu Átila. – Quem lhe deu o direito de falar assim comigo?!

– Direito não se pede, se conquista. Faz muito tempo que o senhor vem ameaçando a gente por qualquer coisinha. Por que o senhor não lê o pensamento do professor Rufino que está em cima do mural?

– Que pensamento? Que pensamento, menina?

– Que é preciso colocar a escola na vida do aluno e não meramente o aluno na vida da escola.

Desconcertado, o rosto rubro, o suor a brotar na larga testa, o professor não sabia que dizer ou fazer. Limitou-se a sussurrar "idiota". Em seguida, foi até o vitrô, encheu os pulmões, voltou à frente da classe, fez uma carranca e ordenou:

– Sente-se, menina. – Passou os olhos por todos e começou o discurso: – Esta escola já foi uma escola. Hoje é isso que se vê. Também, pelos professores que tem... Eu, fiquem sabendo, eu poderia pedir à direção para punir vocês duas e aquele menino, mas não adiantaria nada. A diretora suspenderia vocês e ficariam felizes por não terem de vir à escola. No entanto, tomem cuidado comigo. Nunca se deve irritar uma pessoa mais poderosa. E quanto ao colega de Português, nada vou dizer por questão de ética profissional.

Os alunos já estavam acostumados com os discursos de seu Átila.

Por isso, com exceção de cinco ou seis, que estavam pendurados em notas, enquanto o professor discursava, eles levavam a mão à boca para esconder o riso de desprezo por aquela figura irascível e caricata que, como dizia d. Neusa, não se esquecia de sua anterior encarnação de rei de um povo bárbaro.

9

Na missa de domingo, vendo a igreja matriz lotada, padre Cândido, um homem baixo, magro, rosto cadavérico, cabeça quase branca, de voz mansa e temperamento sereno, cogitou fazer um sermão contra a indiferença dos políticos face à ineficiência da polícia local. Mas recuou, ao ver sentados no primeiro banco o grandalhão prefeito Eleutério Bezerra, aprisionado num terno de linho branco e sua gorducha esposa, d. Guida, de vestido e véu pretos, e um enorme terço a pender das mãos. Optou então por um sermão adocicado sobre o destino que terão no além as almas dos puros e impuros deste "vale de lágrimas". É que o vigário reconhecia ser Eleutério um administrador incompetente, mas não via em seus atos as intenções maldosas e a falta de probidade aludidas pelos seus adversários. Era um simplório, todavia, para a paróquia, um benfeitor. Ainda recentemente mandara pintar a parte externa da matriz. Além do mais, tanto ele como d. Guida já sofriam muito com seu desmiolado filho caçula, o Júnior, que não queria mais estudar, não trabalhava e vivia em más companhias.

Entretanto, essa opinião de padre Cândido sobre o prefeito não era compartilhada por muitos remansenses, dentre os quais o vereador Luís Rabota, líder da oposição, um quitandeiro do Mercado Municipal, apelidado de Lulu Boia-Fria devido a seu distante passado de cortador de cana-de-açúcar.

Lulu era baixinho, magrinho, com cabelo castanho liso e duas entradas salientes na cabeça. Tinha o nariz adunco, dois olhinhos que nunca paravam e uma voz tão aguda que quando falava parecia uma araponga cantando. Como inimigo de Eleutério, tinha deste uma opinião que, segundo se dizia na cidade, só Deus poderia mudar: uma pessoa simplória, mas que sabia desempenhar com perfeição seu papel de chefe do poder opressor.

Para Lulu, no "caso da menina", como ficara conhecido o horrendo assassinato da menor Isabel Cristina, o alcaide tinha sua parte de culpa, pois estando há dois anos na Prefeitura, nada fizera para conseguir do governador o aumento do contingente de soldados e o aparelhamento da delegacia de polícia com novas armas e viaturas. Por esse motivo, pretendia denunciar, da tribuna da Câmara Municipal, a inoperância do prefeito e o descaso da polícia com os crimes ocorridos no município. E de fato foi o que aconteceu na primeira sessão após o homicídio de Isabel Cristina, marcada por tumulto, ataques pessoais e desentendimentos, mais uma vez.

Todas as noites de segunda-feira, a Rádio Clube transmitia a sessão da Câmara, e era só iniciar-se uma briga, Vivaldino das Dores aproximava o microfone dos contendores para não perder um palavrão sequer. Imediatamente, Palimércio, o operador de som, aumentava o volume e colocava como fundo uma gravação feita no meio da torcida do Remanso Futebol Clube após a anulação pelo juiz de um gol de seu time. Era para, segundo Eugênio Modesto, o pai da ideia, "fazer com que a luta democrática parecesse mais renhida e autêntica".

Sentados nas poltronas da sala do proprietário da ZYR 2000, o rádio portátil na mesa, Tony e João Cruz haviam acompanhado toda a transmissão da sessão da Câmara. E após o "boa-noite, Brasil e até a próxima segunda-feira, se Deus quiser", Tony levantou-se, desligou o rádio e profetizou:

– Aposto que o prefeito vai forçar a polícia a encontrar um bode expiatório nesse caso da menina.

– Como assim?

– Prenderão um pobre diabo qualquer e com isso silenciarão as vozes oposicionistas. Já vi esse filme noutra cidade.

– Será?

– Quer apostar?

– Eu não. Não sou louco.

Antes que essa ideia de bode expiatório passasse pela mente do prefeito e fosse transmitida ao delegado de polícia, ocorreu outro homicídio de uma menor, assim comunicado por Tony em edição extraordinária do Patrulha da Cidade:

"Mais uma menina violentada e morta. A menor Sônia Batista, de dez anos apenas, foi encontrada morta no matinho além da Vila Alemã. Foi violentada e enforcada com uma cordinha, tal como ocorreu com Isabel Cristina.

Segundo declarações da mãe, d. Marinete Rodrigues Batista, sua filha era uma criança exemplar, muito obediente e sofria de problemas de ordem psíquica, sendo facilmente induzida a fazer qualquer ato.

Ainda segundo a informante, Sônia saiu ontem à tarde com uma garota de dezesseis anos, de nome Diva, e não voltou mais.

A polícia esteve na casa de Diva e a deteve para interrogatório.

Diva declarou que realmente saíra com Sônia para dar uma volta pelo jardinzinho da vila, despedindo-se dela logo a seguir. Mas notou que, quando Sônia pegou o rumo de sua casa, no início da noite, encontrou-se com um homem gordo, que andava com os pés abertos como pato e usava um chapéu preto. Ela não pôde dar mais informações, porque o homem estava de costas. Porém, com base em sua descrição, a polícia já está procurando o presumível assassino.

O delegado acredita que esse homem é o mesmo que matou Isabel Cristina, pois em ambos os casos houve estupro seguido de enforcamento.

Por ora, são essas as informações acerca do assassinato de Sônia colhidas por nossa reportagem na delegacia de polícia. Caso haja algum fato novo, o Patrulha da Cidade voltará a informar."

Ao ouvir a notícia, Eleutério Bezerra telefonou ao delegado de polícia exigindo providências urgentes, pois tinha certeza que Lulu Boia-Fria e toda a oposição iriam se aproveitar do fato para atacá-lo na Câmara, no jornal e na rádio. O dr. Edson garantiu-lhe que agiria sem demora e prometeu-lhe que se o assassino estivesse em Remanso seria preso até o anoitecer.

Imediatamente, o delegado chamou à sua sala os praças em serviço, o grandalhão João Soldado, o magríssimo Alfeu e o negro troncudo Arquimedes, e, arregaçando as mangas da camisa, ordenou:

– Prendam tudo quanto é vagabundo, mendigo e ligeira! Temos que apanhar esse canalha! Vasculhem o Canta-Sapo e a Vila Alemã, que são focos de marginais! Quero esse assassino preso até à noite.

– Pode ficar sossegado, doutor – assegurou João Soldado – Garanto que vamos capturar esse sujeito.

– É o que espero. Quero gente presa nesta cadeia. E pelo amor de Deus, não me venham de mãos abanando.

Quando ia pôr o quepe e dizer até logo, João se lembrou de um pormenor:

– Mas há um porém, doutor.

– Porém? Que porém?

– O camburão tá quebrado e o fusquinha, de tanque vazio.

– Isso não é problema. Passe no posto do Roberto.

– O filho do prefeito?

– Há outro Roberto que tenha posto de gasolina?

– Mas a gente não abastece lá, doutor.

– Pois hoje vai abastecer. Lote o tanque do fusquinha e mande marcar.

– E se ele recusar?

– Não se preocupe, que vou falar com ele pelo telefone. Na verdade, quem vai pagar essa gasosa é o pai dele. E agora chega de perguntas, seu João!

– Sim, senhor.

As ordens do delegado foram cumpridas.

No final de uma rua de terra da Vila Alemã, próximo ao matinho onde fora encontrado o cadáver de Sônia, vivia, num barraco de tábuas e coberto de folhas de zinco, um pobre velho apelidado de Chico Pó-de-Arroz, porque, embora mendigo, tinha gestos bem efeminados e trajava-se de modo esquisito. Usava um terno de casimira ensebado, camisa de colarinho rasgada, um lenço vermelho no pescoço e um chapéu preto todo furado.

Mas quem era Chico Pó-de-Arroz e como viera dar em Remanso?

Ninguém podia responder a essas perguntas. Sabia-se que, depois que chegara a Remanso, por coincidência começaram a desaparecer os frangos criados nos quintais das casas da Vila Alemã e adjacências. E sabia-se também que ele passava a maior parte do dia à entrada do barraco, sentado num caixote, comendo pedaços de frango que assava sabe lá Deus onde, fumando tocos de cigarros catados nas ruas do centro da cidade e bebendo cachaça, que comprava com as esmolas ganhas nos seus dois pontos prediletos: as portas da igreja matriz e do Cine Remanso. À noite, deitava-se num pedaço de lona e cobria-se com folha de jornal. E assim o velho Chico Pó-de-Arroz vivia. Ou melhor, sobrevivia.

Quando a polícia começou a operação pente fino na Vila Alemã, Zé Caça-Sapo, um alemãozinho magricela que morava perto do barraco de Chico, foi correndo avisá-lo do perigo que corria.

– Eu não roubei nada! – defendeu-se Chico exaltado.

– Mas você rouba frangos – lembrou-lhe o garoto.

– Eu não roubo. Pego os que passam por aqui. – Botou o gargalo da garrafa na boca e sorveu um gole de cachaça.

O menino fitou bem aquela estranha figura, lembrou de seu pai, morto numa briga de bar, e sentiu pena dele. Por isso aconselhou:

– Não sei não... Se eu fosse você dava no pé enquanto é tempo. Eles vão prender você.

– Tá bom, voz da inocência, vou lhe ouvir. – Tapou a garrafa com um toco de rolha, colocou-a num canto do barraco, deu um tapinha nas costas de Zé Caça-Sapo e adentrou o matinho.

Poucos minutos depois, os policiais João Soldado e Alfeu chegaram ao barraco com a viatura da delegacia.

– Cadê o sujeito que vive aqui? – perguntou João a Zé Caça-Sapo, que estava sentado no caixote.

O menino arregalou os olhos, engoliu seco e mentiu:

– Hoje não vi ele.

57

– Você mente! – João o pegou pelos colarinhos, o sacudiu e gritou: – Se não disser pra onde ele foi, você vai ser preso!

O garoto começou a chorar, a tremer e a urinar na calça.

– Vai ser preso mesmo! – reiterou João. Depois soltou o menino e, amainando a voz, tornou a perguntar: – Pra onde ele foi? Pro matinho?

O garoto balançou a cabeça afirmativamente.

– Pra direita ou pra esquerda? – e João indicou as direções com o braço estendido.

O menino fez sinal que era para a direita. João chamou Alfeu, que ficara no volante do carro fumando e lendo Novos Tempos. Este o atendeu prontamente e os dois, de revólver em punho, adentraram o mato à procura do mendigo.

O que realmente sucedeu durante a caçada do velho ninguém soube com exatidão, mas a lenda, que começou a correr de boca em boca e que chegou às sedes de boatos, a barbearia de Tibério e a farmácia de Simão, foi a seguinte:

João avistou um vulto entre as folhas de um arvoredo a uns cinquenta metros e berrou:

– Quem está aí?! Quem estiver aí, apresente-se! Tamos armados e podemos atirar! Apresente-se!

Chico saiu detrás de um arbusto e gritou:

– Meu nome é Chico Pó-de-Arroz e não roubei nada! Não me apresento! – e saiu correndo.

Os dois soldados correram atrás dele e quando estavam a poucos metros, Chico parou, agachou-se, apanhou uma pedra e atirou-a em Alfeu, acertando-lhe a cabeça. Este caiu e João foi socorrê-lo, mas ele fez sinal com a mão que não precisava e falou:

– É melhor passar fogo nesse diabo, senão ele mata a gente.

Quando Chico viu Alfeu levantando-se, saiu correndo, uma mão segurando o chapéu e a outra o bolso do paletó, cheio de tocos de cigarros. Mas os praças corriam mais que ele e quando estavam para alcançá-lo, João berrou:

– Pare, senão eu atiro!

Chico parou, voltou-se para os dois soldados e respondeu gritando:

– Podem atirar se quiserem, seus palhaços!

– Atire logo! – bradou Alfeu.

João aprumou a velha arma enferrujada e apertou o gatilho.

Chico tombou e os dois correram para prendê-lo, embora quase certos de que ele morrera com o balaço que atingira seu peito.

Os dois se aproximaram do mendigo que, deitado e imóvel, tinha os olhos bem abertos e o rosto pálido como o de um defunto.

– Está vivo – disse João, no íntimo dando graças ao Senhor, pois em vinte anos como soldado jamais matara um ser humano sequer.

Alfeu agachou-se e, pasmo, exclamou:

– Nossa! Olhe só! – e apontou uma medalhinha que Chico trazia presa por um alfinete à lapela do paletó. – A bala deve ter resvalado nela – deduziu assustado.

– E ela salvou ele da morte – ajuntou João. – Esse vagabundo deve ter parte com o diabo.

– Ou com Deus – contrapôs Alfeu. – Veja, a medalhinha é de Nossa Senhora.

– Cruz-credo!

Chico, que estivera até àquele momento imóvel, tal qual um defunto, começou a tremer como vara verde e, abrindo os olhos, murmurou:

– Ai, meu Deus, eu morri.

– Morreu coisa nenhuma, seu sem vergonha! – berrou João Soldado. – Você vai é morrer atrás das grades. – Ato contínuo, deu-lhe um pontapé e mandou: – Levanta e vai em frente! Vamos!

Chico ergueu-se, passou a mão no chapéu e pôs-se a limpá-lo na calça rasgada.

– Anda, cara! – ordenou Alfeu, apontando o revólver.

– Vou indo – respondeu Chico, irritado e pondo-se em movimento com passos lentos.

Chegaram à viatura, onde Alfeu deu uma coronhada na cabeça do pobre homem e o empurrou para o banco traseiro.

O mendigo soltou um berro e, deitando-se, vaticinou:

– Deus está vendo tudo e um dia vai cobrar vocês por toda essa maldade, porque "bem aventurado é aquele que atende ao pobre", pois "o Senhor o livrará no dia do mal". Está no livro dos Salmos.

– Cala a boca, vagabundo, senão leva outra porrada! – avisou João entrando no carro.

Alfeu sentou-se ao volante, passou a mão na testa ferida, soltou um palavrão e deu partida no carro.

Na Delegacia, quando levado à presença do dr. Edson, Chico viu uma cadeira e quis sentar-se, mas assustou-se com o grito do delegado:

– Fique de pé!

– Pois não, Excelência.

– Confesse tudo e já! Vamos!

– Confessar o quê? – quis saber Chico indignado.

– Que você matou a menina!

– Que menina?

– Não se faça de tolo! Você estuprou e matou a menina! Vamos, confesse!

– Eu?! Eu não matei ninguém. Eu só roubei...

– Cale a boca! E trate de confessar!

– Mas eu não fiz nada.

– Onde esteve ontem à noite?!

– Tava no bar do Alemão. Tomei um rabo de galo e depois fui pro barraco.

– Não conversou com uma menina?

– Conversei. Uma linda menina, muito educada. Mas logo disse até logo pra ela e fui pro barraco.

– Não é possível! Pode contar tintim por tintim tudo o que você fez! – O delegado voltou-se para João Soldado e ordenou: – Feche a porta.

No cair da noite, João Cruz levava a informação a Tony, que em edição extraordinária do Patrulha da Cidade, anunciava ter sido detido o maníaco sexual.

Mas ao findar a leitura da notícia, ele coçou o queixo e ficou olhando seu rosto refletido pelo vidro que separava sua mesa da de Palimércio e perguntou-se: "Será que esse tal de Chico Pó-de-Arroz é mesmo um maníaco sexual? Não será um bode expiatório?"

11

A população de Remanso, como sempre ocorria nos casos de assassinato em que se prendia um suspeito, dividiu-se em dois partidos. De um lado estavam os que admitiam ser Chico o assassino. Eles argumentavam que ele andava com os pés abertos como pato e usava um chapéu preto, tal como dissera a jovem Diva, a última pessoa a estar com Sônia antes de sua morte. De outro lado, havia os que achavam uma piada a prisão do mendigo e sustentavam sua opinião com os seguintes argumentos: primeiro, a jovem Diva dissera que o homem que estivera com Sônia andava com os pés abertos e tinha um chapéu preto. Ora, todos os chapéus à noite parecem pretos e a que distância ela se encontrava dele para notar que andava com os pés abertos? Segundo, Chico estivera conversando com Sônia lá pelas sete e pouco e o laudo médico da autópsia indicara que ela fora estrangulada aproximadamente à meia-noite. Terceiro, o velho era alcoólatra e talvez não tivesse força para dominar a garota. Quarto – e este parecia ser o argumento mais contundente –, Chico tinha fala fina e trejeitos efeminados, a indicarem que provavelmente não possuísse impulsos sexuais pelo sexo feminino. Portanto, a polícia pegara o homem errado, cometera um terrível equívoco, a não ser que o tivesse prendido como bode expiatório.

Enquanto a rádio transmitia A voz do Brasil, Eugênio Modesto, sentado no sofá, e Tony numa poltrona, conversavam exatamente a respeito da prisão de Chico Pó-de-Arroz.

– É um subterfúgio do delegado – afirmou o dono da rádio, alisando a barba grisalha.

– Então o que temos a fazer é defender esse mendigo que está lá atrás das grades – sugeriu Tony.

– Defender, não. Provar que ele não é o culpado. É apresentar os fatos e deixar que os ouvintes julguem o delegado.

– Mas você sabe que o delegado está fazendo o jogo do prefeito.

– Pois então malhe o Eleutério.

– Você já esqueceu que noutro dia mandou avisar o Rufino pra maneirar os ataques ao homem?

– É que eu estava com dó dele. Sabe, Tony?, ele é um indivíduo simplório, que ganhou as eleições só porque tem muito dinheiro, mas no fundo é uma boa alma que vem sofrendo muito.

– Por causa dos ataques do Lulu?

– Não. O Lulu não o incomoda tanto quanto você pensa. No fundo, os políticos são todos farinha do mesmo saco. O filho, o Bezerrinha, conhece?

– Acho que já o vi em algum lugar.

– É ele que faz o Eleutério sofrer. É um pilantra. Largou os estudos e não quer saber de trabalhar. Vive na vagabundice, torrando o dinheiro do velho. E o pior é que de uns tempos para cá começou a andar com uma turma da pesada, que está metida com tóxicos até o pescoço. Bem... deixa o Bezerrinha pra lá.

– É. É melhor.

– O que eu acho, Tony, é que em Remanso todo mundo critica, mas ninguém mexe uma palha para modificar a política da cidade. Nunca vi gente mais alienada do que esta. Por isso lhe pergunto: você supõe que conseguiremos mudar alguma coisa?

– Não, não tenho tal pretensão. Sou apenas um jovem procurando um lugar ao sol. Mas bem que gostaria de ajudar a melhorar a sociedade. Se eu fosse um líder...

– Se pensa assim, deve continuar lutando no microfone. Entretanto, não se esqueça que está na rádio para ganhar dinheiro e ele só entra se ela tem propagandas.

– Tá, tudo bem, Eugênio, eu sei disso. Acontece que você não está entendendo bem a coisa.

– O que você quer dizer com isso?

– Mais do que lutar por Chico Pó-de-Arroz, temos que mostrar como funciona esse sistema, a começar pela Justiça, que só existe para punir os pobres.

– Puxa! – exclamou Eugênio, levando as mãos à cabeça. – Você está parecendo o Lulu Boia-Fria, que considera os pobres anjos e os ricos demônios.

– No caso do Chico...

– É. No caso do Chico parece que você tem razão. Querem um bode expiatório para aplacar a ira popular e tentar provar que a estrutura social está maravilhosamente... Como eu diria?

– Estruturada.

– É isso aí. A não ser que o doutor Edson tenha algum plano em mente. Esse delegado é matreiro... Mas pra nós o importante é manter o povo interessado.

– E ligado na rádio.

– Sim, claro. Audiência significa faturamento.

Tony fitou bem Eugênio, ajeitou a gola do blusão de couro e pensou: "Esse espiroqueta só pensa em dinheiro. Não adianta nada continuar este papo-furado. É melhor eu descer até o Avenida e tomar um café." Levantou-se e disse:

– Bem, está quase na hora do Hoje como Ontem e preciso tomar um café para ficar aceso. Vamos descer?

– Não. Tenho que fazer o balanço do mês e assinar umas cartas de cobrança. O que tem de caloteiros nesta praça...

– Ok. Inté.

– Tchau.

Tony desceu a escada, dobrou à esquerda e entrou no Avenida.

Achegou-se ao balcão, pediu um café e ficou atento à conversa do proprietário com dois velhos. Falavam dos assassinatos das meninas e da prisão de Chico Pó-de-Arroz como o principal suspeito.

– Pode ser – dizia seu Manuel, um português bigodudo, dono do bar – que esse tal de Chico tenha matado uma rapariga, mas duas?... Homem, tenho lá minhas dúvidas. Aquela do Matinho Seco... Qual era mesmo o nome dela?

– Isabel Cristina – disse um dos velhos.

– Essa Isabel foi morta no Matinho Seco – continuou o português, afiando o bigode – e a outra, como é o nome dela?

– Sônia – informou o outro velho.

– Pois bem, essa Sônia foi morta no matagal pouco além da Vila Alemã, que fica do lado oposto ao Matinho Seco. Então eu pergunto: será que esse tal de Chico vive a andar por toda a cidade? Qual o quê, homem, esse indivíduo não passa de um pobre diabo, um velho incapaz de matar uma mosca.

Os dois velhos fizeram uma expressão de "quem sabe?" e seu Manuel foi para a cozinha.

Tony deixou o bar e enquanto subia rumo ao estúdio 03, a fim de apresentar o programa nostalgia, ia pensando que se fosse provado que Chico nunca tinha saído da Vila Alemã, senão para pedir esmolas na igreja matriz e no cinema, o delegado teria de prender outra pessoa pela morte de Isabel Cristina. Mas como poderia saber disso senão entrevistando inicialmente o velho pau-d'água e surrupiador de frangos?

12

No dia seguinte, pela manhã, Tony foi à Delegacia de Polícia pretendendo entrevistar Chico Pó-de-Arroz.

Ao chegar, deu com João Soldado, Alfeu e Arquimedes sentados num banco de madeira ao lado da porta de entrada. Aproximou-se deles e perguntou a João:

– O doutor Edson está?

– Não – respondeu laconicamente o soldado, cismando que o radialista pretendia ver Chico.

– A que horas ele vem?

– Hoje ele não vem, porque viajou. Foi pra Sorocaba – e João olhou de soslaio, dando a entender que desconfiava do porquê da presença do moço ali.

– Posso falar com Chico?

– Não pode.

– Por quê?

– A ordem é manter o preso incomunicável. Tem que falar com o doutor.

– Mas eu...

– Olha, moço, não adianta insistir. É ordem e pronto. Se for protestar, proteste ao delega.

– Eu não disse que ia protestar – e Tony virou-lhe as costas.

Pôs-se a subir a avenida principal e parou defronte à vitrine da Livraria e Papelaria do Zuza, a duas quadras da rádio.

Ficou a ver os cartões de Natal e de boas festas, que uma mocinha arrumava na vitrine, e logo vieram à sua mente recordações dos familiares, nas quais as imagens se mesclavam com a saudade e um certo sentimento de culpa.

Desde que saíra de casa, não mandara notícias. Algumas vezes se perguntara se era certo seu procedimento e, pelo menos em relação à mãe, concluíra que não. Agora talvez fosse o momento adequado para enviar-lhe um cartão de boas festas ou, quem sabe?, até mesmo visitá-la. Então lhe contaria porque saíra de casa. Não, diria apenas que resolvera deixar o lar para correr mundo e definir sozinho o que queria da vida. Sim, essa era a atitude mais sensata. Todavia, estava preso à rádio, comprometera-se a provar que Chico Pó-de-Arroz não era o maníaco sexual que vinha assassinando meninas e que a polícia cometera uma grande injustiça ao prendê-lo. Depois que esse caso ficasse esclarecido, aí sim poderia voltar a Londrina, rever a mãe, talvez reconciliar-se com o pai, o irmão e a irmã, e decidir-se se ficava em Remanso para continuar na ZYR 2000, que começava a cativá-lo. Isso mesmo. O certo era esperar um pouco. Enviaria o cartão à mãe pouco antes do Natal e pronto. Ela ficaria sabendo onde ele estava, o que fazia e que não a esquecera. Mas será que ela estaria bem?

Alguém tocou-lhe o ombro.

– Oi, tudo bem?

Ele se virou. Era Marta, a filha de seu Pascoal, que trazia numa mão livros e cadernos.

– Oi, Marta – respondeu ele. – Como vai?

– Legal. E você?

– Tocando o barco. Vem vindo da escola?

– Sim.

– Está em que ano?

– Nono, ainda.

– Ainda por quê?

– Entrei tarde na escola e também perdi um ano. Vagabundice.

– Uma pena, né?

– É – concordou ela, olhando para a vitrine. – Escolhendo um cartão para a namorada?

– Não, Marta, eu não tenho namorada. Estava somente me distraindo um pouco com as capas dos livros e os desenhos dos cartões. Por sinal, entra ano e sai ano e os cartões não mudam. Mas... como está seu pai?

– Bem.

– Ótimo.

Ela fixou seus grandes e brilhantes olhos castanhos em Tony e, sorridente, disse:

– Faz tempo que papai está querendo lhe agradecer. Todo dia ele fala nisso.

– Agradecer? Uai, por quê?

– Por causa do programa.

– Ah, é?

– Eu também estou há tempos para lhe dizer obrigada.

– Que é isso, Marta? Você até que merecia mais.

– Obrigada.

– Então gostou do programa?

– Ôôôô... Principalmente das músicas e das poesias do Vinicius de Moraes.

– Fico feliz em saber que uma garota bacana como você tenha gostado do meu programa.

Ela ficou encabulada. Ele notou e procurou desculpar-se:

– Se eu disse alguma coisa que não devia, me perdoe.

– Oh, não, Tony. É que eu, sabe?, eu não estou acostumada com elogios desse tipo.

– Mas explica-se.

– Como assim?

– Os jovens daqui são cegos. – Ele parou e percebeu que ela ficara sem graça. Então, aproximou-se mais, tocou-lhe no braço e confessou com sua voz adocicada: – Quando conheci você, notei que além de bonita é muito educada.

– Bondade sua. Mas...

– Hem?

– Tenho de ir.

– Já.

– É que está na hora do almoço.

– Que pena.

– Bem... então... então eu vou indo. Mas o que eu digo a meu pai? Você vai visitá-lo? Ele quer muito lhe agradecer.

— Ora, Marta, você fala de um jeito como se eu tivesse feito grande coisa. Um programa de rádio... Nem me deu trabalho.

— Mas ele também quer lhe agradecer pela cadeira de rodas.

Tony ficou com o rosto rubro e tentou fazer-se de desentendido:

— Cadeira de rodas?

— É. Ele ficou sabendo pelo Fernando, um funcionário do banco, que foi você quem conseguiu a cadeira com o gerente.

— Só pedi. Fiz pouca coisa.

— Não, Tony. Você fez muito por papai e ele espera sua visita pra lhe dizer como está grato.

— Tá, tudo bem. Eu irei.

— Quando?

— Bem, quando... quando, hem?

— Domingo à tarde, está bom?

— Legal. Eu irei.

Despediram-se com um demorado aperto de mãos, um sorriso e promessas de amor nos olhos.

13

No domingo, ao morrer da tarde, Tony encostou a caminhonete em frente à casa de seu Pascoal.

Marta apareceu no alpendre, disse oi e, enquanto descia a escadinha, observou que Tony vestia uma camiseta cinza nova que combinava com a cor de seus olhos.

Ela abriu o portãozinho, cumprimentaram-se e, quando iam para a sala, ele disse baixinho:

– Você está linda nesse vestido rosa.

– Você fala isso só pra me agradar?

– Não. Por que eu iria mentir? E logo pra você?

– Ah, sei lá.

Nisto apareceu d. Filomena toda sorridente. Cumprimentou Tony e disse que ia buscar o marido no quarto.

Marta apontou o sofá a Tony e ao se sentarem puxou conversa:

– Papai passou a tarde toda ansioso, esperando por você.

– Eu queria vir antes, mas tive que gravar uns comerciais na rádio. Será que vindo a esta hora não estou atrapalhando vocês?

– Claro que não.

– Você não vai sair? Não vai namorar?

Quando ela ia responder, o pai entrou na sala com a cadeira de rodas sendo empurrada pela mulher.

– Boa tarde – disse ele.

Tony levantou-se, apertou a mão de seu Pascoal e tornou a sentar no sofá ao lado de Marta.

D. Filomena pediu licença para se retirar e foi preparar um cafezinho.

Quando ela deixou a sala, Tony perguntou a seu Pascoal:

– Como está? Firme?

– Dobrado, como vê. Mas estou me acostumando. E você, está bem?

– Tirando os problemas, legal.

Riram e quando pararam, seu Pascoal disse:

– Sabe, Tony?, eu... eu estava há um bom tempo para lhe agradecer pelo programa que me dedicou e pela cadeira de rodas que conseguiu com seu Ramirez. Se você não tivesse pedido ao gerente...

– Ora, seu Pascoal, o senhor não tem do que me agradecer. Mas... como estão as coisas?

Marta adiantou-se em responder:

– Ele está ótimo. – e ajuntou: – Noutro dia esteve aqui um rapaz da vila, o Toninho, que tem uns vinte anos e que é paraplégico. Ele deu umas injeções de ânimo em papai. – Fitou o pai e pediu: – Conta o que ele falou pro senhor.

– Ah, sim – começou seu Pascoal, com o rosto alegre –, ele me contou um pouco de sua vida. Teve paralisia nas pernas quando tinha nove meses e por isso nunca soube o que é andar. Disse que sempre percebeu não ter alguma coisa que a maioria das pessoas tinha, mas que mesmo assim nunca se revoltou. Não negou que algumas vezes fica abatido por uma profunda tristeza e sente uma... – Olhou para a filha e perguntou: – Como é mesmo, Martinha?

– Autocomiseração.

– Isso – continuou ele –, uma autocomiseração, mas logo pega o violão e afugenta a danada. "O importante, seu Pascoal" – ele me disse – "é que eu, sem poder contar com as pernas, estou caminhando, tomando parte ativa no mundo, fazendo as coisas acontecerem e semeando felicidade no coração de muita gente." E ele está certo, não está? – Tony balançou a cabeça afirmativamente e quando seu Pascoal ia prosseguir, Luís entrou na sala.

– Oi, Tony – disse o rapaz.

– Oi, tudo bem?

– Tudo bem, mas não vai reparar que tenho que fazer umas coisas. Dá licença?

– Claro, claro.

Luís foi para o quarto que repartia com a mana, e seu Pascoal retomou o fio da conversa:

– Então, como eu dizia, o Toninho, depois de falar dele, me incentivou muito e quando ele saiu fiquei matutando. Deus já me deu bons filhos e não me deixou morrer. A Filó também tem feito muito por mim. Então o negócio é enfrentar as dificuldades e pensar mais nas coisas boas que nas ruins. Eu estou até pensando em trabalhar.

– Boa ideia – apoiou Tony, fazendo com o dedão o sinal de positivo.

– Eu também acho – emendou Marta. – O professor Rufino sempre diz que o trabalho não é um castigo, mas uma dádiva de Deus.

– E eu preciso muito trabalhar, Tony – retomou a palavra seu Pascoal. – O que eu recebo é uma ninharia, não dá pra nada. Tem um rapaz aqui da Vila Popular que trabalha com encadernação de livros e revistas. É o Daniel. Ele esteve me visitando e prometeu que vai me ensinar o ofício para depois eu trabalhar com ele.

D. Filomena entrou na sala com uma bandeja, bule e xícaras.

– Olha o cafezinho. – Começou a servir e observou: – Assim o Pascoal toma fôlego. Hoje ele está falante...

– Ah, Filó, não amola – protestou o marido. – Não é sempre que vem gente aqui conversar comigo. E, depois, eu acho que o Tony me entende. Ele parece que tem muita experiência da vida, apesar de ser tão moço.

– Mais uma xícara? – ofereceu d. Filomena, aproximando o bule de Tony.

– Aceito. Está gostoso. – Tomou o café e fez menção de se levantar. – Bem, eu preciso ir.

– Já? – indagou Marta, com expressão de tristeza. – Você ficou tão pouco.

– Fique mais um pouquinho – pediu seu Pascoal. – Martinha gostaria de conversar com você. Ela não desgruda do rádio só para ouvir você.

– Papai... – protestou Marta.

– Mas ela não me disse nada – observou Tony.

– Pois deveria ter dito. Então... – seu Pascoal estendeu a mão a Tony, que se levantou e apertou-a – muito obrigado pela visita. E não repare que preciso me deitar um pouco. Estou com dor nas costas.

– Fique à vontade, seu Pascoal. Foi um prazer ver o senhor tão bem disposto.

– É... Não tenho outra saída – e ele foi para o quarto.

Tony despediu-se de d. Filomena, que foi para a cozinha.

Quando se viu só com Marta no alpendre, ele olhou bem para ela e perguntou:

– Então você gosta dos meus programas?

Ela assentiu com a cabeça.

– Gosta mesmo?

– Gosto. Já lhe disse isso noutro dia. Lembra-se?

– Ah, sim. Mas é uma pena que você nunca tenha me telefonado.

– Não temos telefone.

– Que azar! Seria tão gostoso ouvir sua voz de vez em quando...

– Você não está dizendo isso só para me agradar?

– Eu digo sempre a verdade, Martinha. Mas por que você duvida de mim?

– É que... Na rádio... Você deve viver cercado de mulheres. A Rita...

– A Rita – cortou ele – é somente uma colega de trabalho e uma boa amiga. – E baixando a voz: – Eu gosto mesmo é de morenas, assim como você.

Ela teve vontade de abrir seu coração e dizer-lhe tudo que vinha sentindo desde que o conhecera. Dizer que já sonhara com ele e tinha certeza de que o amava, que ele era o primeiro amor da vida dela e, portanto, jamais o esqueceria por toda a vida. No entanto, limitou-se a tocar em seu braço e dizer:

– Não ligue para o que eu disse, tá? Eu não tenho nada com sua vida.

– É o que você pensa – retrucou ele.

– Como assim?

– Olha, Martinha, eu... eu não sei como lhe dizer. – Parou, ficou olhando bem para ela e decidiu-se: – Você não gostaria de sair comigo hoje à noite? A gente podia conversar, o que acha?

Ela exultou, mas procurou conter sua emoção.

– Acho uma boa.

– Então eu passo aqui lá pelas sete e meia, tá?

– Tá.

Ele subiu na caminhonete, abanou a mão e partiu.

Ela entrou saltitante e foi direto para o quarto sonhar.

14

Às sete e meia em ponto, Tony chegou à casa de Marta, que o aguardava no alpendre.

Logo que ele encostou o veículo no meio fio, ela veio em sua direção.

– Tudo bem? – perguntou ele enquanto ela tomava acento na caminhonete.

– Joia. Onde a gente vai?

– Que tal dar um pulo ao Blau Blau, comer alguma coisa, bater um papo e depois pegar um cinema?

– É uma boa.

No restaurante, escolheram uma mesa de canto, sentaram-se frente a frente e logo ela perguntou:

– Você vem sempre aqui?

– Uma vez ou outra. Mas acompanhado de uma mulher é a primeira vez.

– Não acredito.

Ele sorriu e asseverou:

– Juro, Martinha. Pra ser bem franco, tenho vivido muito só e trabalhado demais. – Parou ao ver o garçom aproximar-se. Este pôs o cardápio na mesa e retirou-se. Tony pegou o menu e passando-o a Marta pediu: – Escolha o prato.

Ela disse que gostaria de comer *pizza* e ele fez um sinal chamando o garçom.

– Mas será que vai dar para pegar a sessão das nove? – indagou ela apreensiva.

– Se não der, não tem importância.

O garçom se aproximou da mesa e Tony pediu uma *pizza* média e dois guaranás.

Tão logo o garçom se afastou, os dois entreolharam-se, sorriram e Marta disse:

– Sabe, Tony? Vou lhe confessar uma coisa.

– Pode falar.

– Estou curiosa pra saber alguma coisa de sua vida.

– De minha vida? – estranhou ele. – Ora, o que você quer saber?

– Saber de onde vem, o que fazia antes de trabalhar na rádio, coisas desse tipo.

Ele olhou bem para aquele rosto angelical, balançou a cabeça como aprovando sua intenção de ser sincero e disse:

– Pois bem, Martinha, vou matar sua curiosidade. – Fez uma pausa, uma careta, inspirou fundo e prosseguiu: – Pra começar, meu nome não é Tony Luz, mas sim Antônio Luís Pereira. Sou de Londrina. Saí de casa com dezoito anos por causa de uma série de problemas e trabalhei num parque de diversões, esse último que estava aqui e que por sinal faliu. Fiquei sem rumo, e aí arranjei emprego na rádio.

– Que problemas você teve que o levaram a sair de casa? – quis saber ela.

– Problemas com meu pai. Ele tinha um comportamento moral que eu reprovava. Porém, ao invés de discutir com ele... Eu era um rapazinho inexperiente, sabe? Tímido. Me fechei no meu mundinho e depois, por causa de más companhias, andei fazendo muitas coisas erradas.

– O que, por exemplo? – perguntou ela, curiosa, franzindo a testa e arregalando os seus grandes olhos.

O garçom trouxe guaranás e avisou que a *pizza* viria logo. Quando ele se afastou, ela tornou a perguntar:

– O que você fez de errado? Pela sua expressão, percebi que isso ainda o preocupa. Ou não?

– Acho que não. O que mais me preocupa é que não sei como estão meus pais, principalmente minha mãe. Sabe, Martinha, ela sempre foi o tipo modelo da doméstica. Era muito bacana comigo. Por isso devia estar bem no fundo de minha mente, pois quando eu fazia coisas erradas, ouvia sua voz dentro de mim censurando-me e suplicando-me para que eu mudasse de vida. Acontece, porém, que eu não sabia que rumo tomar. Tudo estava embaralhado na minha cuca e eu vivia num estado de horrível ansiedade. E foi essa ansiedade que me empurrou para fora de casa. Ou uma força interior muito forte, cuja causa desconheço. Eu precisava abandonar muitas coisas. Vivia na escuridão e precisava procurar a luz. Saí de casa sem dar explicações aos meus pais e ando sentindo um certo remorso. Por isso penso em revê-los, bater um papo com eles... Sabe, Martinha?, eu amadureci muito.

Ela percebeu que ele rodeara e não dissera realmente que tipo de coisas erradas fizera. Gostaria de tornar a perguntar-lhe, todavia ficou em dúvida. Não seria indiscrição, indelicadeza, bisbilhotice? Limitou-se a assentir com a cabeça, concordando com o que Tony afirmara. De fato, ela notara desde o momento que o conhecera que ele era um jovem bem amadurecido.

O garçom trouxe a *pizza*, os serviu e quando se afastou, Tony retomou a palavra:

– Como eu dizia, saí de casa obedecendo o que o meu coração mandava e penso estar conseguindo dar um certo significado ao meu viver. Aqui encontrei um tipo de trabalho que me agrada e uma garota paciente, capaz de me ouvir. – Fez uma pausa e sorriu. – Mas no fundo – continuou –, sinto um certo remorso. Não fui legal com minha mãe e não agi corretamente com meu pai. Fui durão com o velho, esquecendo-me que afinal de contas ele era meu pai.

– E por que não vai visitá-los? – sugeriu Marta.

– Eu estava pensando em ir no fim do mês, talvez no Natal. Quem sabe poderei me reconciliar com eles. Sinto, porém, um medinho de que me censurem.

– E daí? Qualé, Tony? Você deve fazer o que achar correto e fim de papo. Mas cá pra nós, tá na cara que eles gostarão de rever você. Você é filho deles. Isso é tudo.

– Puxa, Martinha, você tem uma cabeça, hem?

– Eu?!

– É. Você é legal, tá sabendo? – Parou, consultou o relógio e assustou-se: – Epa! está quase na hora do cinema. Se a gente não for um pouco antes...

– Mas você quase não comeu – advertiu ela.

– Não tem importância. Acho que vim aqui mais pra falar. Pena que você não tenha me contado um pouco de sua vida.

– Não tenho muito o que contar. Minha vida tem sido uma vida só de sonhos, Tony.

– Então conte um pra mim.

– Não posso. Os sonhos são segredos. No entanto, posso lhe dizer que você já esteve em vários deles.

– Que bom.

– Mas olha a hora. Vamos comer logo.

Terminaram de comer a *pizza*, ele pagou a conta e saíram de mãos dadas. Atravessaram a avenida e entraram na fila do cinema.

– Será que o filme é bom? – indagou Marta.

– Ôôôô... – fez ele. – Pelo menos o título é sugestivo.

– E a fila está comprida – observou ela, que ajuntou com certa ironia: – Será que a torre de retransmissão da TV está com defeito?

– Pode ser.

Entraram no cinema e, logo que as luzes se apagaram, Tony pegou a mão de Marta. Ela encostou a cabeça no ombro dele, que a beijou. E ambos fecharam os olhos e abriram seus corações.

Após o filme, que não assistiram, voltaram para a casa de Marta.

Tony parou a caminhonete entre a arvorezinha e um poste de iluminação. Desligou o carro, voltou-se para Marta, fitou seus olhos brilhantes que irradiavam bondade e, levado por um impulso incontrolável, disse:

– Martinha, no Blau Blau, você me perguntou que coisas erradas eu fiz em Londrina. Eu procurei esconder-lhe algumas coisas, mas no cinema fiquei maquinando: estou gostando desta garota, ela é de boa família, não posso ter segredos para ela. E agora acho que devo lhe contar o que de fato aconteceu comigo, qual foi o principal motivo que me fez sair de casa e me aventurar pelo mundo.

Então, sem olhar para ela, ele narrou sua entrada no mundo das drogas e sua luta para sair dele. Com todos os pormenores, falou do que lhe acontecera após deixar Londrina, seu sofrimento e sua vontade muito forte de levar uma vida digna e produtiva. Ao terminar, perguntou:

– Decepcionada? – Ela não respondeu e ele a forçou a dizer o que sentia: – Ficou chocada? Não era isso que gostaria de ter ouvido, era?

Ela não esperava aquela confissão dele. Surpresa, não sabia o que fazer com as ideias que ziguezagueavam por sua mente.

– Diga alguma coisa – pediu ele em tom de súplica e já começando a achar que fizera uma burrada.

– Eu não sei o que dizer. Mas... – parou, ficou com os olhos fixos nos dele e completou – se você me falou tudo isso deve ser porque me considera, não quer me enganar. É isso?

– Deve ser. Nem sei direito. Sinceramente, jamais contei minha vida a alguém. Você foi a única pessoa com quem me abri e lhe peço desculpa pela decepção. Foi uma pena ter ouvido tudo isso depois de uma noite tão gostosa, não?

– Sabe, Tony?, acho que se você mudou de vida, se eu conheci você como é agora, o passado não importa. Apenas que no fundo tenho um certo medo. Estou um pouco confusa. Você me compreende, não?

– Claro. Você tem medo que eu possa voltar a ser o que fui? – Ela assentiu com a cabeça e ele respondeu à sua própria pergunta: – Quem conseguiu sair do inferno não quer voltar. Estar no mundo das drogas, Martinha, é como estar numa guerra. Só que, se a pessoa conseguir escapar viva, sai um outro homem. No meu caso, capaz de entender mais que muita gente como a vida é boa de ser vivida. Porém, você vai pensar em tudo que lhe contei e se julgar que a gente não deve mais se encontrar, tudo bem. Podemos continuar como amigos, não?

Ela meneou a cabeça afirmativamente e assustou-se porque a luz do alpendre acendeu.

– Nossa! É minha mãe. Já é muito tarde. Tchau – e ela o beijou na face.

– Quando a gente se vê de novo? – perguntou ele, enquanto ela apressadamente descia do carro.

Marta não respondeu. Apenas disse tchau e acenou com a mão.

Ele retribuiu o aceno e, no momento em que ia sair, passou um motoqueiro de capacete preto e camiseta vermelha vindo do lado do Canta-Sapo. Tony estranhou que àquela hora viesse uma moto da favela. Entretanto, como estivesse a recordar alguma coisa do que dissera a Marta e a se questionar se agira corretamente falando do lado negro de seu passado, não ligou muito. Pisou no acelerador e partiu.

15

Na sala de Eugênio, Tony dava uma vista-d'olhos na crônica do prof. Rufino, esperando o relógio bater meio-dia, quando foi interrompido pela entrada súbita de João Cruz, que trazia uma folha de papel.

O repórter parou junto à mesa e, ofegante, tentou falar, mas não conseguiu.

– O que houve? – perguntou Tony, levantando-se apreensivo. Gaguejando, João informou:

– Encon... con... traram o... outra me... menina morta.

– Sim, sei. Onde? Quem?

João respirou fundo e esclareceu:

– No mesmo lugar de Isabel Cristina. No Matinho Seco, entre a Vila Popular e o Canta-Sapo. Fui lá com o carro do Neco da padaria e teria sido melhor não ter ido. Ainda vi o cadáver. Pobre menina. Foi violentada, Tony. Violentada.

– Me dê o texto.

Tony leu a notícia e achou ruim:

– Só isso?

– Esses são os dados. Não deu tempo de redigir direito. A polícia esteve no local até agora há pouco. Foi avisada pelo telefone por uma voz de homem.

– Tá, cara, eu encho linguiça. Mas você podia ter escrito um pouco mais, meter um floreio...

– Olha aqui, Tony, eu até que faço muito pelo minguado salário que ganho.

– Mas eu não tenho nada com isso.

– Será?

– Ô, João, qualé? Eu não sou o dono.

– Mas que parece, parece. Não sai mais desta sala e manda em todo mundo.

– Olha, cara, eu não sou dono de porcaria nenhuma, tá sabendo?! E nem mando nos outros. Só exijo que façam as coisas benfeitas para não me levarem pro buraco. Só isso. Eu...

– Tá bom, vá, Tony. Desculpe. A gente não vai brigar assim à toa, né?

– É. Você parece que ficou abalado com o crime. E eu também ando nervoso. Alguma coisa está me perturbando e não consigo descobrir o que é.

– São esses crimes. Quem não fica preocupado com isso?

Tony estava impressionado com os crimes, mas sua inquietação àquela hora nada tinha a ver com a morte das meninas. E isso ele percebeu logo que João deixou a sala. Então ficou investigando seu subconsciente, até que conseguiu pescar o motivo de sua ansiedade e irritação. Era por causa de Martinha. Ou melhor, do que dissera a ela. Estava em dúvida se agira certo ao contar-lhe que fora viciado em drogas. Afinal, ela era uma menina. De família. Entretanto, havia o lado positivo de sua confissão. O livro de sua vida ficara aberto, e se ela gostasse dele o passado não seria empecilho para se amarem. Ela mesma dissera que o que ele fora não importava. É... mas parece que ficou muito chocada. Que pena, pois...

Três batidas na porta cortaram seus pensamentos.

– Entre.

Rita abriu a porta e avisou:

– Tá na hora.

Ele consultou o relógio.

– É mesmo. Obrigado, Ritinha.

Foi para o estúdio e leu a crônica do prof. Rufino, um violento ataque ao projeto do Executivo a ser apreciado pela Câmara Municipal e através do qual o imposto predial para o ano seguinte era majorado em 30%.

Terminada a leitura, Palimércio pôs no ar o prefixo do Patrulha da Cidade e ele entrou com a triste notícia:

"Hoje cedo a polícia encontrou no Matinho Seco o cadáver da menina Susana Negreiros Nogueira, de doze anos de idade, assassinada ontem à noite, presumivelmente às onze horas.

A menor foi violentada e estrangulada de forma brutal, do mesmo modo como o foram Isabel Cristina, no Matinho, e Sônia no matagal próximo à Vila Alemã. Tinha em sua boca um lenço branco, que o maníaco sexual utilizou provavelmente para sufocar seus gritos de socorro.

Neste momento, a polícia ouve os pais da vítima e moradores da Vila Popular e do Canta-Sapo para ver se consegue alguma pista que a leve à captura do facínora."

Tony parou e engoliu a saliva, enquanto Palimércio elevava o som do tétrico fundo musical.

"Não seria esta – reiniciou Tony – uma prova inequívoca de que Chico Pó-de-Arroz não é o criminoso que vem espalhando o terror na população? Chico está atrás das grades, preso como possível assassino de Sônia e Isabel Cristina, sem que para tal a polícia possua uma prova conclusiva e irrefutável. O homicida que comete seus crimes com requintes de perversidade não pode ser um velho e inofensivo ladrão de frangos. Por esse motivo, Chico, que até agora não confessou assassinato algum, deve ser solto.

Esperamos que, após este bárbaro homicídio de Susana, a polícia admita que a população infantil de Remanso corre sério perigo e resolva de vez pedir auxílio à Regional de Sorocaba.

Como é do conhecimento público, nossa delegacia de polícia conta com um contingente reduzidíssimo de PMs e dois estão em férias. Desprotegida como está a cidade, é de se esperar que as famílias, apavoradas, não deixem suas crianças saírem às ruas sozinhas, até que seja detido o verdadeiro tarado que, enfatizamos, não pode ser a caricata figura de um ladrão de frangos."

Levantou o braço e Palimércio aumentou o som do fúnebre fundo musical. Depois foi baixando-o, para que Tony entrasse com as outras notícias.

Após o Patrulha da Cidade, Tony foi à portaria, onde João Cruz e Rita comentavam o infausto acontecimento e pediu a esta que o substituísse na apresentação do Você Pede e a Gente Repete.

– Outra vez?! – estrilou ela.

– Ah, Ritinha... não me trate assim.

– Trato de outro modo se você falar com o Eugênio para me arrumar um ajudante. Eu não estou dando conta do atendimento ao público e da redação e apresentação do Brasil 2000. E depois tem outra: à noite não vai ficar ninguém na portaria porque não sou paga pra trabalhar fora de horário.

– E o Viva?

– O Vivaldino diz que não faz hora extra de graça. E por falar nisso, o meu salário...

– Tá bom, Ritinha, eu prometo falar com o Eugênio.

João, que também vinha reclamando do excesso de trabalho e do baixo salário, aproveitou a oportunidade:

– Então fala pra me aumentar também.

– Tá bom, eu ponho o guizo no pescoço do gato, seus ratos. Agora, Ritinha, vá pro estúdio que o programa já está atrasado. E saiba de uma coisa: você fica mais bonita quando está com raiva, sabia?

– Ah, não enche – retrucou ela, dirigindo-se para a sala de locução.

Em seguida, Tony pegou no braço de João Cruz e o convidou para irem ao bar Avenida, pois tinha um assunto muito sério para conversar.

Desceram para o bar.

Sentaram-se numa mesinha e o português gritou do balcão:

– O que vai?

João respondeu:

– O de sempre: um copo-d'água e um palito pra cada um.

– Vão pro raio que os parta! – blasfemou seu Manoel.

João e Tony riram e, quando pararam, este falou:

– Sabe, cara, estou com um negócio aqui na cuca.

– O que é?

– Ontem, lá pelas onze e pouco, quando deixei Martinha na casa dela e ia sair, vi um motoqueiro de camiseta vermelha voltando da estradinha do Canta-Sapo. O que ele teria ido fazer lá? Será que não saiu do Matinho Seco?

– Neste mundo tudo é possível.

– Puxa, João, nunca ouvi isso antes.

– Não goza, tá? Bom, e daí?

– Daí que tive uma ideia: ir lá no Matinho e ver se a gente encontra alguma pista do assassino.

– Mas a polícia já esteve no local do crime.

– Essa polícia? Não seja ingênuo, cara. Alguma pista a gente vai encontrar. Vamos lá?

– Uai, por que não? Não estou fazendo nada mesmo.

– E o jornal?

– Já passei a notícia pro Ademar. Por sinal, esse velho ranzinza anda me enchendo o saco que vou te contar... Já era chato e agora que está com hemorroidas não dá pra aguentar.

– Deixe isso pra lá. Vamos embora.

Foram com a caminhonete e pararam no meio da estradinha de terra que passava pelo Matinho Seco e ligava a Vila Popular ao Canta-Sapo.

Desceram e dirigiram-se ao local do crime, onde o mato estava bem pisado.

Não encontraram marcas de pneus da moto nas poucas manchas de terra e ficaram vasculhando o lugar, até que Tony viu um toco de cigarro e gritou:

– Epa! – abaixou-se, pegou o toco com o lenço e disse ao amigo: – Isto pode ser uma pista importante. É cigarro de gente fina.

– Pode ser do delegado ou de algum curioso que veio ver a remoção do cadáver.

– Não sei não. É cigarro muito caro pra essa gente da Vila e do Canta-Sapo. Pra soldado também. Pode ser do delegado ou do Kojak – referia-se ao truculento investigador Aquiles Piccinin –, mas e se não for?

– Olha, Tony, veio muita gente da cidade aqui. Eu mesmo vim com o Neco.

– Vamos investigar isso.

– Ok, Sherlock Holmes.

– Não goza, João. Vamos embora.

Rumaram para o centro da cidade e pararam em frente ao velho prédio da delegacia de polícia.

João desceu e, cumprindo ordens de Tony, foi verificar se alguém da polícia fumava cigarros da marca encontrada.

Voltou voando e, ofegante, reclamou:

– Pô, cara, você me bota em cada fria! Tive que inventar uma *big* mentira, dizendo que estava fazendo pesquisa sobre o fumo e o câncer. Eu...

Tony o interrompeu:

– E daí, alguém fuma aquela marca de cigarro?

– Neca. O delegado fumava, mas largou. O Kojak fuma cigarrilha. E um soldadinho disse que nenhum PM fuma. Até me gozou. Ele falou: "Nós não morre de câncer no pulmão. Com o salário que nós ganha, nós morre é de fome mesmo."

– Eta povo chorão! Mas vamos embora, que não viemos aqui pra bater papo.

Enquanto rodavam em direção à rádio, Tony comentou:

– Temos uma pista. Agora precisamos descobrir quem é o motoqueiro que usa camiseta vermelha. Fique de olho, pois pode ser o cara que matou a garotinha. Se fumar aquele cigarro, é claro. E por enquanto, sigilo absoluto, bico fechado, boca de siri.

– Qual é a sua, cara? Eu não sou burro, pô!

– Claro que não – reconheceu Tony, sorrindo. Deu um tapinha nas costas de João e ajuntou: – Você é o astuto repórter que está ajudando a tirar a PRCebola do buraco.

– Ex-PRCebola – corrigiu o amigo.

– É isso aí: falou e disse.

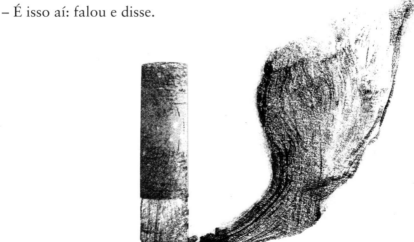

16

Após o jantar, sem ter o que fazer, Tony foi à rádio para matar o tempo. Passou pela portaria e notou que Rita, conforme o prometido, não estava de serviço.

Foi à sala da técnica e estranhou Palimércio de cara fechada. Quis saber o motivo e o rapaz explicou:

– Estou cansado. Trabalho de manhã à meia-noite e ganho uma porcaria de salário. Não dá mais pra sustentar o sorriso. Se o Eugênio não arranjar outro cara para a noite, vou dar no pé. Além disso, no ano que vem vou voltar a estudar à noite na Escola de Comércio.

– A Rita também chiou hoje, Pali. Está uma arara. Vocês combinaram alguma coisa?

– Não.

– E por que você não fala com o Eugênio, expõe seu problema, pede aumento?

– E se ele encrespar e me der a conta? Eu sou arrimo de família.

– Já sei, quer que eu fale com o chefe?

– Você faz esse favor pra mim?

– Faço. Isto é, se encontrar o dito cujo.

– Ele está aí.

– Oba! Vou levar um papo com ele.

Tony entrou na sala de Eugênio, cumprimentou-o e este logo lhe perguntou se estava tudo bem.

– Pra ser franco, não – respondeu Tony, sentando-se no sofá.

– Não? O que houve? – e Eugênio ficou cofiando a barba.

– A Rita, o João Cruz e o Palimércio estão se queixando de sobrecarga de trabalho e salário baixo.

– Mas por que não reclamaram pra mim?

– Porque você é o dono da rádio e eles têm medo de serem mandados embora. Emprego vale mais do que ouro. Você sabe como é, eles vieram chorar comigo, esperando que eu lhes quebrasse o galho. De fato, chefe, o movimento da rádio cresceu barbaridade e você precisa contratar mais gente. Mas não é só isso.

– Não? – e Eugênio fez uma careta que expressava sua insatisfação.

– Acontece – continuou Tony – que não está certo o Pali e a Rita trabalharem de manhã à noite.

– E o que você propõe, líder trabalhista? – indagou Eugênio com uma pontinha de ironia.

– Reduzir a jornada de trabalho deles, aumentar seu salário, contratar mais duas pessoas e passar o João Cruz para tempo integral e com ordenado melhor.

– Muito bem, meu jovem idealista. Eu contrato as pessoas e aumento o salário dos que estão aqui. Ótimo, não? Só que vou pagá-los com o quê?

Tony coçou a cabeça e pensou: "Lá vem a choradeira". Dito e feito. Alisando o bigode, Eugênio começou sua defesa:

– Quanto você pensa que eu ganho com isto aqui? – Tony deu de ombros. – Pelo capital empatado, estou tomando um bruto prejuízo que você nem faz ideia. Se eu vendesse este andar superior e a rádio, poderia viver muito bem com a renda desse dinheiro.

Tony percebeu que a lengalenga iria longe, Eugênio o embromaria e no final ficaria tudo na mesma. Resolveu, então, cortar a conversa fiada do chefe:

– Tá bom. Não vim aqui pra brigar. Mas que precisa de mais gente, isso você não pode negar.

– Não.

– Então vai contratar?

– Mas...

– Olha, eu estive pensando ultimamente em lhe propor o arrendamento da rádio.

– Agora?

– Pro começo do ano. Será que a gente podia tratar disso?

– Por que não?

Tony e Eugênio discutiram longamente e chegaram a um acerto: no início de janeiro, Tony arrendaria a emissora e contrataria quem quisesse.

Satisfeito por ter dado mais um longo passo na caminhada em busca da realização de seus ideais, Tony deixou a sala e foi à técnica informar a Palimércio que sua situação seria resolvida em janeiro. Que aguentasse mais um pouco, pois seria bem recompensado por sua colaboração.

O rapaz levantou os braços para o alto, soltou uma gargalhada e agradeceu:

– Obrigado, Tony. Eu confio em você. Sempre confiei.

– É bom ouvir isso de você, Pali. Bem... agora vou dar no pé.

– Onde vai?

– Rodar por aí, fazer hora, sei lá.

– Não vai à Câmara?

– Não.

– Nem ouvir a transmissão?

– Não. Por quê?

– Dizem que o Lulu vai espinafrar o Eleutério por causa dos assassinatos das meninas.

– Quer dizer que vai ser o *replay* da última sessão?

– Mais ou menos e a gente espera que seja uma boa luta.

– Se houvesse esperança de um nocaute, Pali... Mas a sessão é um teatro. O pessoal lá apenas representa pra enganar o povo. É uma demagogia que vou te contar...

– Você falou, tá falado.

– Tchau.

– Tchau. E obrigado, amigo.

17

Tony deixou o prédio da rádio e pôs-se a caminhar pela avenida, refletindo sobre o acordo firmado com Eugênio e imaginando o que precisaria fazer para dinamizar a emissora.

Ao passar pela sorveteria Pop, parou e entrou para tomar um sorvete.

Encostou-se no balcão, deu uma passada d'olhos pelas mesas e divisou Marta numa de canto.

Ela também o viu e acenou-lhe.

Sem hesitar, ele foi até a mesa onde ela e uma amiga tomavam uma taça de sorvete.

Ao se aproximar, disse oi a Marta e esta lhe apresentou a amiga Renata, uma garota de uns quinze ou dezesseis anos, com longos cabelos loiros lisos e olhos azuis que pareciam irradiar meiguice e felicidade.

Marta pediu que Tony se sentasse e informou que Renata esperava por Rubens, o namorado.

Ele se sentou e ficou olhando para Marta. Desejava falar com ela, mas em particular. Ficar ali, grudado na cadeira, apenas vendo-a e alimentando uma conversa mole parecia um suplício. Por isso pensou em se retirar.

– Sabem, vocês me desculpem, mas preciso ir. Tenho umas coisas a fazer na rádio – e se levantou.

O semblante dele denunciava que mentia. Marta percebeu. E como também queria conversar em separado com ele, achou um jeito de prendê-lo.

– Espere um pouco. A Renatinha estava louca para lhe conhecer e fazer umas perguntas.

Ele sorriu, sentou-se e quis saber da loirinha quais eram as perguntas.

Pega de surpresa, pois não havia dito coisa alguma a Marta, Renata corou, mexeu-se toda na cadeira, soltou um risinho sem graça e saiu com uma evasiva:

– Ah... era tanta coisa que eu queria saber que até me esqueci.

Ele levantou as sobrancelhas, abaixou a cabeça, teve vontade de rir, mas controlou-se e disse com seus botões: "Essas meninas estão pensando que nasci ontem. Mas vamos ver no que dá". Depois falou:

– É uma pena, Renata. Uma das coisas que mais gosto de fazer é falar do meu trabalho. – E sorrindo: – Você poderia me perguntar, por exemplo, se vou lançar algum novo programa.

– Isso mesmo – interveio Marta. – Você pretende, Tony?

– Sim. No futuro, quero criar um programa em que o povo falará de seus problemas. Uma espécie de tribuna livre. Vai ser no horário da manhã. Talvez a Ritinha e o João Cruz sejam os apresentadores.

Marta corou, soltou um sorriso chocho, que tinha um certo quê de ciúme, e perguntou:

– A Ritinha?

Ele percebeu que ela pronunciara "Ritinha" com um pouquinho de raiva ou despeito e, propositadamente, açulou o ciúme dela.

– A Ritinha é uma ótima amiga e uma excelente pessoa.

Marta ficou mais rubra e, quando ia dizer alguma coisa, Rubens chegou, todo apressado e se desculpando com a namorada pelo atraso.

Renata se levantou, apresentou o rapaz alto, moreno e de cabelos negros a Tony e depois disse:

– Vocês nos desculpem, mas a gente precisa sair.

Ela notou que Tony e Marta entreolharam-se de tal modo que pareciam dizer que estavam ansiosos por ficar a sós. Rubens, porém, sem saber de nada, perguntou à namorada:

– A gente precisa sair pra ir onde?

Renata ficou com o rosto avermelhado, mas teve presença de espírito e inventou um motivo:

– Você já esqueceu que eu tinha lhe dito que a gente vai à casa da Simone?

– Simone? – e ele fez uma cara de quem não estava entendendo nada.

Renata pegou no braço do namorado, deu um puxão e disse:

– Vamos.

– E Marta? – indagou Rubens ingenuamente.

– Eu levo ela pra casa – avisou Tony.

– Inté proceis.

– Inté.

Logo que os dois se foram, Tony puxou conversa:

– Foi bom encontrar você. Pensei que a gente não ia mais se ver.

– Por quê?

– Pelo jeito como a gente se despediu ontem. Depois de tudo que eu lhe contei sobre minha vida, você deve ter ficado assustada, desiludida, sei lá.

– Fiquei um pouco preocupada, mas depois concluí que o seu passado não pode lhe condenar. Eu ia lhe dizer isso quando a gente se cruzasse.

– Ainda bem que você pensa assim. Eu não gostaria de perder uma... amiga de quem gosto muito. – Ele estendeu o braço, pôs a mão sobre a dela e sussurrou: – Eu gosto de você, Martinha.

Ela colocou a outra mão sobre a dele e confessou:

– Eu também.

E ficaram em silêncio, olhos nos olhos, até que um grupo de rapazes barulhentos entrou na sorveteria.

Eram cinco motoqueiros, todos trazendo à mão um capacete.

Sentaram-se à volta de duas mesinhas, pediram Coca-Cola e ficaram conversando alto e rindo muito.

– Aquele magricela barbudinho é o filho do prefeito, não é? – perguntou Tony.

Ela concordou com a cabeça e ele ficou estudando o comportamento do rapaz, que estava de camiseta branca e calça *jeans* e tinha no colo o capacete preto. Depois perguntou:

– Martinha, o que você acha dessa figura?

Em poucas palavras, ela resumiu o que ouvira dizer do rapaz:

– É um esbanjador do dinheiro do pai, que quer sempre ser o tal. Não estuda, não trabalha e anda metido com gente da pesada. Dizem que é viciado em cocaína e que tem os braços marcados de picadas. Já teve problemas com a polícia, mas como o pai é prefeito, você já sabe, né?

– O poder econômico é fogo. – Tony parou de falar ao ver que Bezerrinha tirava da manga da camiseta um maço de cigarros. "Preciso ver a marca do maço" – pensou. Levantou-se. – Vou pedir um sorvete. Quer outro?

– Sim. De coco.

Ele foi ao balcão e pôde verificar que Bezerrinha, que deixara o maço de cigarros sobre a mesa, fumava a mesma marca de cigarro encontrada por ele e por João Cruz no local do último crime. Pediu duas taças de sorvete e voltou para junto da namorada.

Ao se sentar, ele contou a Marta tudo o que o levara a suspeitar que um motoqueiro pudesse ter matado Susana. Falou inclusive do toco de cigarro encontrado no Matinho Seco e do seu desejo que Bezerrinha deixasse um no cinzeiro.

Seu Estevão trouxe as taças de sorvete e eles ficaram tomando-o silenciosamente.

Uns quinze minutos depois, os rapazes pagaram o dono da sorveteria e saíram. Imediatamente, Tony levantou-se e encaminhou-se para o balcão para pedir um copo-d'água. E ao passar pela mesa em que estivera o filho do prefeito, sem que ninguém percebesse, pegou com o lenço o toco de cigarro deixado pelo moço.

– Você acha mesmo que o Bezerrinha tem alguma coisa a ver com esse crime?

– Desconfio de um motoqueiro. Se ele tiver uma camiseta vermelha... Mas por que não falar de nós?

– É uma boa. Só que tenho de estar cedo em casa. Eu disse à minha mãe que ia só dar uma voltinha com Renata e voltava logo.

– Tudo bem. Então, vamos?

Tony pagou seu Estevão, pegou na mão dela e sussurrou:

– Nós vamos pra sua casa, mas a passo de tartaruga, tá?

Ela apenas sorriu.

Enquanto caminhavam, ele recordou a parte boa de seu passado, falou de seu desejo de rever os familiares e confessou que um de seus sonhos era vir a ser proprietário da rádio. Marta, por sua vez, contou-lhe que andava nervosa demais, pois sua família já começava a lutar com muita dificuldade para se manter. No tempo em que o pai era guarda no banco, aos sábados e domingos sempre conseguia algum dinheiro trabalhando de garçom em bailes e festas. Agora, infelizmente, ele só podia contar com o miserável salário de aposentado. Luís também ganhava pouco na marcenaria e ela se sentia como uma parasita por não trabalhar. O pai fazia questão que ela estudasse pela manhã, pois achava que era muito perigoso uma moça andar pelas ruas da vila altas horas da noite. Então ela tentou arranjar emprego de meio período, mas não conseguiu. Obedeceu ao pai, mas para o próximo ano, gostasse ele ou não, ela iria empregar-se em qualquer casa comercial ou banco e estudar à noite. Terminou com um desabafo:

– A gente tá enfrentando uma barra pesada, Tony. Além do preço caro de todas as coisas, tem a prestação da casa, que é dose, é barra pesada.

– Alguma coisa tem que ser feita, não? – ponderou ele. – E será feita.

– Sim, claro. Só que não sei se vou arranjar emprego fácil. Estou pensando em entrar num curso de computação. A gente paga pouco e aprende logo. O que você acha?

– É ótimo. Informática hoje é indispensável a qualquer jovem. Mas eu gostaria de falar uma coisa que estive pensando agora há pouco.

– O quê?

– Martinha, eu gosto de você e de sua família. Vocês são pessoas bondosas e honestas. Não merecem ficar nessa situação tão difícil. Se eu puder lhes ajudar de algum modo...

Perceberam que haviam chegado à casa dela.

– Infelizmente, chegamos – lamentou ele.

– É. Infelizmente, chegamos. Você quer entrar?

– Não, Martinha. O que eu quero é lhe dar um abraço e um beijo. Você foi muito bacana comigo, tá sabendo? – Ele a enlaçou e seus lábios quentes e frementes procuraram os dela.

Beijaram-se demoradamente e quando ela o empurrou, pretextando que precisava entrar, pois os pais poderiam estar preocupados pela sua demora, ele sorriu e pediu:

– Fica mais um pouquinho, vai... Eu preciso lhe dizer uma coisa.

– Fala depressa que tenho de entrar.

– Quando lhe disse de meus sonhos em relação ao futuro, não lhe contei que estou mais ou menos acertado com o Eugênio para arrendar a rádio e que vou precisar de mais gente lá. Alguém vai ter que substituir

Ritinha na portaria e eu pensei em você. O que acha?

Ela ficou olhando para ele sem saber o que responder. Seu coração havia disparado e seus lindos olhos castanhos esbugalhados diziam que tivera uma das maiores surpresas de sua vida.

– Não acredito – foi tudo o que ela conseguiu dizer, levando as duas mãos ao rosto.

– Não é muito, mas... – tentou explicar Tony, sendo impedido por um abraço e um beijo dela.

Ao ver a sincera e pura alegria de Marta, ele a envolveu em seus braços e a beijou longa e ternamente.

Quando despertaram, ele perguntou:

– Então, conto com você?

Ela respondeu com um lacônico "claro" e o beijou nas faces. Em seguida, disse "tchau, amor", abriu o portãozinho e entrou correndo.

Retornando ao centro da cidade, volta e meia Tony olhava para o céu, via as estrelas cintilantes e agradecia a Deus pela glória de estar vivo e... amando.

18

Tony passou a maior parte da noite desperto, com sua mente ocupada ora com Marta ora com Bezerrinha e uma insuportável ansiedade a corroer-lhe as entranhas. Quando pensava na namorada e formava nos olhos sua imagem, sentia uma sensação de paz e prazer que quase o levava ao êxtase, ao estado de encantamento supremo e felicidade que só os apaixonados conhecem. E ele daria tudo para continuar prisioneiro dessa adorável recordação.

No entanto, de repente, sem que pudesse impedir, era a figura de um rapaz magro, alto, de rosto pálido e encovado, com uma barba rala e cabelos desarrumados que a substituía. Era Bezerrinha a confundir-lhe os pensamentos e a levá-lo ao seu passado, quando tantas vezes fumara maconha e aspirara cocaína. Então se indagava se era justo, se tinha o direito de antecipar um julgamento e condenar um usuário de drogas. Não, não tinha. Mas não era o dependente que deveria ser punido, castigado, mas sim o canalha, o tarado, o facínora, o diabo encarnado em ser humano. Por certo haveria causas profundas a determinarem o desvio sexual dele. Todavia, ante a bestialidade de seus atos, dos crimes monstruosos, a Psicologia tinha que dobrar-se à Moral e à Justiça. Bezerrinha teria de ser denunciado. Entretanto, havia a dúvida: seria mesmo ele o assassino? Teria Bezerrinha uma camiseta vermelha? As impressões digitais dos dois tocos de cigarro seriam idênticas? Onde estava ele na hora em que o crime foi praticado?

Quando os primeiros raios de sol atravessaram a vidraça e penetraram em seu quarto, Tony estava de olhos pregados no teto e ideando o que faria caso descobrisse que Bezerrinha usava uma camiseta vermelha. Ir ao delegado e denunciá-lo? O capacete preto, a camiseta e os tocos de cigarro poderiam incriminá-lo? O delegado por certo interrogaria o moço para saber onde ele estivera no domingo das onze à meia-noite. Porém, não seria perigoso fazer uma denúncia só com esses parcos elementos? Se tivesse visto o rosto do motoqueiro...

Levantou-se, abriu a vidraça e ficou admirando o reflexo dos raios solares nas folhas orvalhadas da velha mangueira. Inspirou fundo o ar puro e seu pensamento desviou-se para Marta e para a alegria dela quando ele lhe ofereceu emprego na rádio. Puxa, o que para muitas pessoas seria uma coisa insignificante, para ela representava tanto, deixara-a tão feliz. Lembrou-se de como ficara contente ao conseguir emprego na rádio e logo vieram à sua mente as palavras de uma professora de Português que tivera nos tempos de segundo grau: "A felicidade de uma pessoa é proporcional ao grau de sua necessidade".

Foi para o banheiro, tomou um banho quase frio, voltou ao quarto para se vestir, e Bezerrinha continuava ziguezagueando em sua mente cansada. Quanto mais queria esquecê-lo, mais pensava nele. Vestiu-se com a camisa verde-limão e calça jeans, calçou os tênis e dirigiu-se ao refeitório.

Foi a conta de sentar à mesa, d. Elisa, o lenço branco à cabeça, os olhinhos brilhantes e o sorriso de sempre no rosto enrugado, entrou na sala.

– Uai, você sempre se levanta tarde, o que houve? – estranhou ela. – Caiu da cama?

– Pesadelos aos montes.

Ela arregalou os olhos e comentou:

– Puxa, nessa idade, menino? Eu sempre soube que os jovens têm ilusões de dia e sonhos dourados à noite.

– Saudosismo de gente idosa, dona Elisa – aí ele virou a xícara, dando a entender que estava ali para o desjejum e sem vontade de papear.

Ela entendeu o gesto dele e avisou:

– Seu café vem já – e foi para a cozinha.

Pouco depois, voltou com o bandejão e foi logo perguntando:

– Já descobriram quem matou as meninas?

– Que eu saiba, não – respondeu Tony, servindo-se de leite e café.

– Dizem que prenderam o estuprador de Rio Claro. É um velho. Será que não era ele que vinha aqui, matava e voltava pra lá?

– Pode ser.

– E o Chico Pó-de-Arroz?

– Que tem o Chico, dona Elisa?

– Você acha que soltam ele? Todo mundo sabe que não foi ele que matou as meninas. A polícia sempre prende um pobre diabo qualquer pra fazer o povo calar a boca.

– Ou pra despistar – ajuntou ele.

"Pra despistar?" – indagou-se Tony. "Puxa, por que não pensei nisso antes? Será que o delegado não estará blefando? Vai ver que há tempos ele está de olho em alguém e prendeu Chico só para iludir o verdadeiro assassino."

D. Elisa cortou sua conjectura com um conselho:

– Continue metendo o pau na polícia e no prefeito, que não toma providências para conseguir mais soldados com o secretário da segurança.

Tony concordou com a cabeça e garantiu:

– Falarei com o professor Rufino pra ele escrever uma crônica baixando a lenha em todo mundo.

Ao terminar a frase, por coincidência o prof. Rufino entrou no refeitório ajeitando o nó da gravata.

Disse bom dia, colocou o paletó no respaldo da cadeira e sentou-se em frente a Tony.

– Tudo bem, professor? O sr. parece cansado... – observou d. Elisa.

– Dormi mal esta noite – respondeu ele.

– Pesadelos também? – arriscou ela.

– Mais ou menos. Mas por que esse também?

– Porque o Tony disse que acordou cedo por causa de pesadelos.

– Vai ver que estamos muito preocupados com esses assassinatos de meninas em Remanso – hipotetizou o professor, enchendo a xícara de café.

Tony fitou o professor e pensou: "Aí está um homem inteligente e culto. Será que ele não poderia me aclarar algumas ideias sobre abuso de drogas e crime?". Olhou de esguelha para d. Elisa, que entendeu o significado de seu olhar e seu silêncio e se retirou.

Ao se ver só com o professor, Tony foi direto ao que lhe interessava:

– Mestre, o senhor é entendido em drogas?

– Drogas? Eu? Ora, por quê?

Tony inventou na hora uma mentira:

– Tenho um primo em São Paulo que está metido até o pescoço com drogas. A família dele está apavorada, não sabe mais o que fazer. Está querendo internar o coitado, com medo de que ele faça alguma loucura. E eu preciso ajudá-la, sabe?

– Sim, entendo, mas sei muito pouco acerca disso. O melhor seria você se informar com um médico.

– Eles não têm tempo para isso. Só se eu pagar uma consulta, que por sinal está uma nota.

– É verdade. Os médicos hoje vivem atarefados demais. Podem ganhar muito dinheiro, porém não aproveitam a vida. Um desperdício de energia. – Parou e examinou o semblante de Tony. Depois tirou os óculos, limpou as lentes com o lenço, recolocou-os e disse: – Você traz no rosto as marcas da preocupação com seu primo.

– Também dormi mal à noite.

O professor encheu de novo a xícara de café, bebeu-o e, com calma, como se pesasse cada palavra, asseverou:

– Não é só em sua família que há desses dramas. Os tóxicos são uma terrível peste que está aniquilando o que temos de melhor em nossa socie-dade – os jovens e as crianças. Esse seu primo deve ser jovem, não?

– É – respondeu laconicamente Tony, fazendo força para não deixar transparecer que mentia.

– Pelo que sei, meu rapaz, drogas alucinógenas como a cocaína libe-ram o lado animalesco de nossa personalidade, esse lado que fica escondi-do por causa de nossa educação.

– E o animal que existe em cada um de nós pode se manifestar e até matar, não?

– É óbvio, meu jovem, porque as células nervosas ficam desgovernadas e pode aparecer o animal, o ser amoral que habita no mais profundo de nossa personalidade. No cérebro existem tendências para a grandiosida-de, o bem, a fraternidade, a justiça e o amor. Existem também inclinações para o mal, o ódio e a destruição. Cada um de nós é potencialmente um deus e um diabo. E não sei se feliz ou infelizmente, temos o livre-arbítrio, a liberdade de decidir sobre nosso próprio destino. – Consultou o relógio e assustou-se: – Puxa, já está quase na hora da aula. Tenho que ir. Com licença – ergueu-se, passou a mão no paletó e saiu apressado.

Tony tomou mais uma xícara de café com leite, levantou-se e foi para o quarto.

Sentou-se na cama, passou as mãos na cabeça, como se quisesse resfriá-la, e deteve seus olhos na maleta que usava quando saía pela cidade para conseguir anunciantes para a rádio, e se questionou: "O que é mais importante: tentar descobrir o assassino das meninas ou ganhar dinheiro? Como poderei realizar meu sonho de arrendar a rádio se não arranjar mais clientes?"

Levantou-se, foi até a mesinha, deu um soco nela e disse: – É isso aí, cara, é preciso ganhar dinheiro.

Pegou a maleta e saiu decidido a visitar algumas firmas que ainda não anunciavam na ZYR 2000.

Visitou cinco empresas e conseguiu fechar contrato com duas revendedoras de automóveis. Depois foi para a rádio e deu com João Cruz encostado no batente da porta de entrada.

Tony quis saber das novidades:

– E aí, cara?

– Você não vai acreditar – e João soltou um risinho, como a dizer que era esperto.

– O que foi? Diga logo.

– Vi um motoqueiro com camiseta vermelha no Largo da Matriz. – Parou, suspirou e completou: – É o Bezerrinha.

– Então é ele?

– Fale baixo – advertiu João, que não escondeu seu receio: – E se não for ele?

– Só pode ser, gordinho. Ontem à noite, ele esteve na Pop e deixou um toco de cigarro daquela marca no cinzeiro. O toco está comigo. Mas... quando você viu esse carinha?

– Agora há pouco. É capaz de ainda estar lá.

– Vamos ver?

– Vamos.

Foram ao jardim do Largo e Bezerrinha estava sentado num banco com dois outros rapazes. Conversavam alto e riam a valer.

Ao passarem por ele, Tony confirmou com a cabeça para João, que logo sugeriu:

– Vamos até a ruazinha atrás da igreja pra conversar.

– Não precisa, João. Vou falar com o doutor Edson.

– Você está louco?! Se denunciar esse carinha à polícia, o Eleutério Bezerra acaba com sua vida. Ele tem muita grana. É poderoso, cara.

Pararam defronte à igreja matriz.

Tony olhou para a cruz no alto da torre, coçou o cocuruto e confessou:

– Pô, gordinho, agora você me deixou confuso! Mas... espere um pouco. Eu posso levar aquele papo com o delega e pedir para ele me manter no anonimato.

– E ele vai lhe atender?

– Não sei. É meio arriscado, né? O melhor mesmo é deixar as ideias se assentarem para depois me decidir sobre que atitude tomar.

– Falôôô, cara!

Tony olhou o relógio e notou que estava na hora do almoço.

– Bem, gordinho, eu vou comer um sanduba no Avenida e pensar sobre esse assunto. Vamos pra lá?

– Não, Tony, tenho que passar no Novos Tempos. O Ademar anda me pegando no pé que eu vou te contar...

– Não se preocupe com isso. No ano que vem eu ajeito sua vida na rádio. Você irá trabalhar em tempo integral e com um bom salário.

– Verdade?

– Juro. Já acertei com o Eugênio.

– Puxa, cara, você é que é amigo. Obrigado, Tony.

– Você também é meu amigo, João.

– Então, tchau.

– Tchau.

Tony passou pelo Avenida, pegou um misto-quente e um guaraná e subiu para a sala de Eugênio.

Sentou-se na cadeira giratória, pôs o sanduíche na boca e começou a mastigar ideias. Até concluir que devia consultar seu Pascoal, uma pessoa amiga, de confiança e experiente, sobre se devia ou não denunciar Bezerrinha ao delegado. "A vontade mesmo" – pensou – "era apontar logo esse pilantra como suspeito, mas caldo e canja de galinha não fazem mal a ninguém. Vai que eu denuncio o cara, ele fica sabendo, arranja alguém pra me perseguir...".

Palimércio entrou na sala e cortou seus pensamentos:

– Comé, vai ou não vai pro microfone?

Tony levantou-se, foi à portaria e pediu a Rita a crônica do prof. Rufino. Pegou-a e correu para o estúdio 03.

Leu maquinalmente a crônica, uma crítica ao projeto do Executivo remetido à Câmara Municipal e que visava à construção de um monumento em homenagem a Pero Papaterra, tido como o desbravador de sertões que fundou a Vila de Pindaíba. O grande mausoléu, com a estátua de Papaterra, ficaria no centro de uma praça rotatória, também a ser construída na saída para Sorocaba.

Da mesma forma como lera a crônica, Tony leu o noticiário policial no Patrulha da Cidade até a última nota escrita por João Cruz e que se referia à inocência de Chico Pó-de-Arroz. Aí, fez uma pausa e de improviso protestou veementemente contra a prisão do mendigo. E arrematou seu comentário indagando: "O assassino não poderia ser um jovem? Hoje em dia há muitos moços metidos com drogas. Não poderia ser um deles o homicida?". Sinalizou com a mão para Palimércio elevar o som do fundo musical e caiu em si: "O que eu falei?". Levou as mãos à cabeça e refletiu sobre o que falara. Enervou-se. Fora traído pelo subconsciente. Não devia ter insinuado que o assassino poderia ser um jovem usuário de drogas. "Que burrada!". Mas por que agira assim? Deu um soco na mesa e foi para a portaria.

– Ritinha, dá pra você me substituir no Você Pede?

Ela o fulminou com seus olhos azuis e sapecou:

– De jeito nenhum!

– Ah, Ritinha – e ele fez um beicinho.

– Não adianta fazer essa cara de sofredor, Tony. Estou trabalhando como uma burra...

– Mula.

– É isso aí. Estou trabalhando como uma mula e ganhando um salário de fome. Se não tiver aumento já, vou dar no pé.

Ele pegou no braço dela e procurou acalmá-la:

– Se é esse o seu problema, não se preocupe. Já falei com o chefe e no início do ano você ficará só com a locução e terá um ordenado melhor. Fique tranquila.

Ela ficou perplexa. Seria verdade? Trabalhava há tanto tempo na emissora e já estava até descorçoada de pedir aumento a Eugênio, que sempre encontrava uma desculpa esfarrapada para não dá-lo. Não, não podia ser verdade. Tony mentia ou brincava e ela, como sempre, se dobraria ao rogo dele, à sua voz aveludada, seus lindos olhos acinzentados, sua covinha no queixo...

– Não acredito – disse ela, como que pondo fim à sua dúvida. – E não adianta ficar me olhando com esse ar de santinho.

– Mas é verdade, Ritinha – assegurou ele, com certa irritação. – Por que eu iria enganar você? Me diga por quê?

Ela ficou estudando as expressões faciais dele e alguma coisa lhe dizia que Tony estava sendo sincero.

– Você falou mesmo com o Eugênio?

– Falei, Ritinha. Juro. Em janeiro você terá o salário dobrado.

– Você jura?

– Já jurei, pô!

Esfuziante e sem saber como agradecê-lo, ela deu-lhe um beijo na face e foi correndo para a sala de locução.

Ele desceu a escada apressadamente, alcançou a calçada, subiu na caminhonete e rumou para a casa de Marta.

19

Parou o veículo sob a arvorezinha, desceu e bateu palmas. Marta apareceu no alpendre.

– Ah, é você? – exclamou ela radiante. – Entre.

Ele abriu o portãozinho, aproximou-se dela e a beijou na face. Marta o percebeu tenso e cismou que alguma coisa de ruim acontecera.

– Algum problema?

– Não. Acontece que eu vi um motoqueiro de camiseta vermelha. É o Bezerrinha.

– Não?!

– Juro. E agora estou sem saber o que faço. Pensei no seu pai para pedir uma opinião, um conselho, sei lá.

Entraram na sala e logo d. Filomena veio correndo da cozinha, cumprimentou Tony e ofereceu-lhe um café, que ele recusou, alegando estar com pressa.

– Ele quer falar com papai – disse Marta à mãe.

– Então eu vou buscá-lo.

Segundos depois, d. Filomena voltava à sala, trazendo o marido na cadeira de rodas.

Tony cumprimentou seu Pascoal e sentou-se no sofá junto com Marta. D. Filomena, numa poltrona.

– O Tony quer a opinião do senhor sobre um caso – falou Marta para o pai.

– Opinião? – estranhou seu Pascoal.

– Um conselho – disse Tony. – Vou lhe contar tintim por tintim tudo e aí o senhor me diz o que devo fazer.

– Mas eu...

– Sabe, seu Pascoal, tudo o que eu tenho a dizer só pode ser dito a uma pessoa muito amiga. E o conselho de que necessito só pode ser dado por alguém com mais idade.

– Mas a idade por si só, já dizia meu avô, não faz sábios; faz velhos.

– Alguém mais velho e com bastante experiência. E esse alguém é o senhor.

– O que houve, afinal de contas?

E Tony contou que no domingo à noite vira um motoqueiro voltando da estradinha entre a Vila Popular e o Canta-Sapo por volta da hora em que foi assassinada a menina Susana. Depois narrou tudo o que fizera para identificar o motoqueiro e que concluíra ser ele Bezerrinha, o filho do prefeito.

Ao findar seu relato, pediu a seu Pascoal um conselho sobre o que fazer. Este levou a mão à testa, ficou por um instante alisando-a e tentou concatenar suas ideias. Por fim, opinou:

– Acho que você deve ir ao delegado com uma testemunha, um amigo, e contar tudo que sabe. A testemunha é para que amanhã o delegado não diga o que você não disse. Você também peça pra ele manter sigilo. Fique mais ou menos na defensiva, porque pode ser que o assassino seja outra pessoa.

– Será? Seu Pascoal, eu tenho certeza que ele é o Bezerrinha.

– Sim, tudo bem, mas vá devagar. Dois passos à frente e um atrás. O moço é filho de um homem poderoso e você sabe como é essa gente. Por isso insista com o delegado para que não diga a ninguém que foi você quem denunciou o rapaz. Depois entregue pra ele os tocos de cigarro. – Parou, passou a mão na cabeça, fitou Tony e indagou: – Você acha que os tocos de cigarro podem incriminar o filho do prefeito?

– Se as impressões digitais dos dois forem idênticas, isso será uma boa razão para o doutor Edson interrogar o Bezerrinha e querer saber onde ele esteve domingo às onze horas da noite. Ah, tem também o capacete preto e a camisa.

– Cuidado, hem, Tony – alertou d. Filomena. – Esse sujeitinho é o filho do prefeito, um homem podre de rico.

– E daí, mamãe? – interveio Marta. – O pai dele é rico, mas não é o dono do mundo. Vai ver que o coitado do prefeito nem sabe que o filho dele tá nas drogas.

– Mas o Tony tem que tomar cuidado – ponderou seu Pascoal. – Deve pedir segredo ao doutor Edson.

– O delegado é um homem inteligente – observou Tony. – Se eu lhe pedir que não me envolva no caso, penso que ele me atenderá. Ou não?

– Quer que eu vá com você? – ofereceu-se seu Pascoal.

– Não senhor. Eu só queria sua opinião e o senhor já me deu. Eu digo tudo que sei, mas só depois que ele jurar que não vai meter meu nome no caso.

– Cuidado, viu Tony? – pediu Marta.

– Fique tranquila. – Levantou-se e se despediu de seu Pascoal e de d. Filomena. Em seguida, agradeceu – Muito obrigado aos senhores. Eu tinha mais ou menos essas ideias, mas estava numa dúvida dos diabos. Foi bom vir aqui.

Marta o acompanhou até o carro e quando ele ia sair, ela tornou a pedir-lhe cuidado, pois o amava e tinha medo que algo de ruim lhe acontecesse. Ele sorriu, beijou-a na testa e sussurrou:

– Eu amo você, sua bobinha, e por isso não vou fazer besteira.

– Depois você me conta como foi a conversa com o delegado?

– Claro. Você será a primeira a saber de tudo. Agora, vou atrás do João Cruz. Tchau.

No jornal, Tony encontrou apenas seu Ademar Cansado em sua mesa, revisando uma página do Novos Tempos.

– Oi, seu Ademar.

– Olá – respondeu secamente o velho, continuando debruçado sobre a página de prova.

– Eu vim atrás do João Cruz. Ele está?

Seu Ademar levantou a cabeça branca, tirou os óculos e, com os olhinhos soltando faísca, queixou-se:

– Aqui ele só vem buscar o salário – e jogou a caneta na mesa.

– Mas é ele quem escreve as principais notícias do jornal, não é? – objetou Tony.

O velho cerrou as pálpebras, soltou um risinho irônico, abriu os olhos e descarregou a vesícula biliar:

– Isso é o que ele anda dizendo por aí. Só que não é verdade. Eu é que faço tudo aqui e já não aguento mais a ignorância dessa molecada da gráfica.

– Por quê?

– Essa geração formada por televisão e internet não tem nada na cabeça. Veja aqui – apontou com o dedo um artigo na página impressa –, não tem dez palavras sem um erro. – Tony deu de ombros, o velho tornou a soltar um risinho sarcástico e continuou: – O pior é que são todos estudantes. Que barbaridade! Olha só: conveniente no lugar de conivente e orelha no de olheira. Bá! Pra que servem as escolas? Me diga? Pra que servem?

– Pra dar diplomas, né, seu Ademar? – arriscou Tony.

– Deve ser. Se o mundo todo tem escolas, o Brasil também tem que ter. Eu...

Tony, que não estava nem um pouco interessado na conversa mole do velho ranheta, cortou-o:

– Bem, estou meio apressado. O senhor não sabe onde o João foi?

– Não. Talvez esteja na sinuca do bar do Katori.

Tony agradeceu pela informação e rumou para o bar do japonês, ao lado do Cine Remanso, na avenida principal.

Encontrou o amigo jogando sinuca.

– Preciso falar com você.

– Agora?

– É. Vem cá.

João se achegou e Tony disse-lhe ao pé do ouvido que pretendia falar com o delegado e precisava de sua presença como testemunha. O gordinho repórter tentou explicar que não podia largar o jogo, pois perdia.

– Quanto você deve? – perguntou Tony.

– Três paus e o tempo.

– Toma cinco emprestado e vamos embora.

João deu o dinheiro ao rapaz com quem estivera jogando e saiu atrás de Tony.

Na caminhonete, enquanto se dirigiam à delegacia, João externou sua apreensão:

— Isso não pode dar bode? Será que depois o homem não vai dizer que quem dedurou o Bezerrinha foi você? Se fizer isso, o Eleutério manda um capanga liquidar com você.

Tony sentiu um frio na barriga e incontinenti brecou o carro.

— O que houve? — quis saber João.

— Olha, gordinho, acho que você tem razão. Não, não tem.

— Você está com medo?

Tony exasperou-se:

— Não! Eu estou é confuso pra caramba. Só isso. Não sei o que faço, João.

— Por que não deixa tudo para amanhã? Espere a cabeça esfriar e aí você resolve de uma vez por todas o que fazer.

— Acho que você tem razão. Vamos pra rádio. — Ergueu a cabeça, estufou o peito e disse como se estivesse tentando se convencer: — Mas eu não vou ficar parado, porque, se o assassino for mesmo o Bezerrinha, terei feito um grande bem à sociedade. Você não acha?

— Ah, sim, claro, meu herói.

— Não goza, tá? Esse momento é delicado, João. Aqui começa um novo capítulo desta história.

— Será?

— Você verá.

E Tony não se enganou.

Após o encerramento do Sonhando com Você, como fazia todas as noites, foi ao Avenida lanchar. Comeu um sanduíche, tomou um guaraná e foi para a pensão.

Encostou o carro ao lado de um poste de iluminação próximo à Sagrada Família e, quando ia descer, um motoqueiro encapuzado, vindo de trás, passou por ele, deu uma parada e, sem descer da moto, tentou golpeá-lo na cabeça com uma barra de ferro. Tony, que se virara por causa do barulho da moto, conseguiu levantar o braço direito para se defender, recebendo a pancada à altura do cotovelo. Caiu e quando se ergueu, o motoqueiro de camisa vermelha já tinha desaparecido na rua deserta.

Ele passou a mão no cotovelo, que doía muito e pensou: "Agora tenho certeza que o Bezerrinha é o assassino. Ele fez isso porque falei na rádio que Susana poderia ter sido morta por alguém viciado em drogas. Ele quer me silenciar, mas vai ver só". Apalpou o cotovelo, soltou um gemido e concluiu seu pensamento: " Você quis pôr fim nesta história, Bezerrinha, mas ela só terminará quando você estiver vendo o Sol nascer quadrado."

Entrou na pensão e foi direto para a cozinha preparar uma salmoura quente para passar no braço. E enquanto esquentava a água, disse com seus botões: "Amanhã cedo passo na casa de João e a gente vai à delegacia".

Tony tinha um certo receio de falar com o delegado por causa das constantes críticas feitas por ele e pelo prof. Rufino à polícia. Imaginava que, ao se ver frente a frente com o doutor Edson, este o trataria rispidamente. Tal temor, porém, dissipou-se logo que ele e João Cruz entraram na sala do delegado.

O dr. Edson os recebeu com um amável sorriso e pediu-lhes que se sentassem no sofá à frente de sua mesa. Em seguida, sentou-se em sua cadeira giratória, fez um alegre comentário sobre a linda manhã primaveril e por fim quis saber o motivo da presença dos dois na delegacia.

– Precisamos falar com o senhor – começou Tony meio titubeante – sobre um assunto... Como direi? Um assunto...

– Grave – emendou João Cruz.

– Isso mesmo, muito grave.

– Alguma crítica à polícia, Tony? – perguntou o delegado, arregaçando as mangas da camisa.

– Pelo contrário, doutor. O senhor recebeu a gente tão bem que estou até chateado. De fato, as minhas críticas...

O dr. Edson o interrompeu:

– Criticar é um direito de todos. O único reparo que posso fazer à sua conduta é que você não está bem a par da verdade. – Passou a mão na cabeleira grisalha e completou: – Principalmente acerca do Chico Pó-de-Arroz, que está preso por ser um ladrão.

– Os frangos... – interveio João, mexendo-se todo no sofá.

– Mais ou menos – continuou o delegado, após soltar o nó da gravata. – Pequenos furtos. Mas... vocês vieram aqui por causa dele?

– Não, doutor – respondeu prontamente Tony. – É que andei fazendo umas investigações sobre os assassinatos das meninas e queria pôr o senhor a par do que sei. No entanto, só lhe contarei o que descobri se o senhor me prometer que me manterá no anonimato. Não quero que ninguém saiba o que tenho a lhe dizer. O doutor promete?

– Por que esse medo?

– Porque vou lhe fazer uma denúncia e se certa pessoa souber disso vai querer me matar.

O delegado levantou-se e foi fechar a porta.

Ao voltar à sua cadeira, pôs os cotovelos sobre a mesa, passou as mãos na cabeleira e com um olhar grave prometeu:

– Tudo o que você disser aqui ficará só entre nós. Palavra de homem. Mas... o que você descobriu?

Tony então declarou ao delegado que suspeitava de Bezerrinha e expôs-lhe, com todos os detalhes, o que vira e o que fizera para se certificar que o filho do prefeito podia ser o homicida. Terminou falando da agressão que sofrera e mostrou o cotovelo inchado e com um enorme hematoma.

O dr. Edson deu meia volta na cadeira e ficou pensativo, com os olhos fixos no céu além do vitrô. Depois perguntou:

– Você comentou com alguém que tinha visto um motoqueiro vindo do Matinho Seco pouco depois do crime?

– Bem, só disse aqui ao João e à família de minha namorada. Eles são de confiança.

– É estranho. Não há um motivo aparente para o motoqueiro agredi-lo, provavelmente com o intuito de matá-lo, se não sabia que você suspeitava dele.

– Ah... – lembrou-se Tony –, há um motivo. Uma burrada que cometi. Fui traído pelo meu subconsciente e disse pelo microfone que o criminoso poderia ser um jovem viciado em drogas. Não sei por que deixei escapar essa suspeita. Alguma força desconhecida me levou a falar o que trazia como segredo. E vai ver que ele ouviu e sacou que eu sabia de alguma coisa. Só pode ter sido isso. Contudo, foi bom, pois com a agressão dele, ficou patente que tem culpa no cartório. Ah, doutor, eu ia me esquecendo: aqui estão os tocos de cigarro que peguei no Matinho Seco e na sorveteria Pop.

– Levantou-se, tirou o lenço do bolso da calça com os tocos e o colocou na mesa.

João se ergueu e perguntou ao delegado:

– Isso pode incriminar o Bezerrinha?

Tony adiantou-se ao delegado:

– Se os tocos tiverem as impressões digitais idênticas, não é doutor?

O dr. Edson ficou pensativo por alguns segundos e depois explicou:

– São indícios, elementos que poderão servir para que eu interrogue o moço.

– E o senhor fará isso? – quis saber Tony.

– Evidentemente.

– Então não se esqueça de me manter no anonimato. Não sou covarde, mas não tenho meios de me defender numa emboscada ou coisa desse tipo. O senhor me entende?

– Sim. Mas pode ficar sossegado. – E com certa ironia, ajuntou: – A polícia não é tão ruim quanto você supõe.

– Ok, doutor.

O delegado deixou a cadeira, aproximou-se dos dois jovens e agradeceu a Tony:

– Muito obrigado por sua colaboração. Felizmente, você é dos que criticam, mas fazem alguma coisa. Não é como os políticos da oposição, que só sabem malhar a gente e não movem uma palha sequer para melhorar a situação.

Ao atravessarem a porta, o dr. Edson lembrou-se de Chico Pó-de-Arroz, tão defendido por Tony na rádio, e perguntou se este queria falar com o velho mendigo. Tony respondeu que sim. Então o delegado pediu que ele e João o acompanhassem.

Quando pararam em frente à cela de Chico, este encontrava-se sentado, fumando e matutando sobre a vida.

O dr. Edson interrompeu a sua meditação:

– Chico, estes dois moços são da rádio. – O mendigo fez que não ouviu. Então o delegado mentiu, para ver se ele reagia: – Eles vieram lhe avisar que vão contratar um advogado para defendê-lo.

Chico deu um salto, aproximando-se da grade, e gritou:

– O quê?! Advogado?!

O dr. Edson fez um gesto com a mão para que ele baixasse a voz. Em seguida, tornou a mentir: – Eles vão lhe arranjar um advogado pra ver se conseguem tirá-lo daqui.

Tony e João não atinavam porque o delegado mentia. Entreolharam-se, um buscando no outro uma explicação do porquê daquela atitude, mas nada disseram. Era melhor esperar para ver aonde ele pretendia chegar com sua mentira.

Chico, que ficara por um segundo meditativo, arregalou os olhos e disse:

– Doutor, não quero nenhum advogado.

– É que eles não creem que você seja o assassino das meninas – prosseguiu o delegado com a farsa.

– Uai, eu não sou mesmo.

– Então, por isso querem vê-lo solto.

– Solto?! – Berrou Chico. – Eu não quero sair daqui.

Tony e João ficaram espantados. Por aquela não esperavam. Jamais poderiam imaginar que um preso gostasse de continuar preso.

– Por que não quer sair daqui? – perguntou o delegado, esforçando-se para segurar o riso.

– Aqui tá bom, né, doutor? Eu tenho cama e comida e além disso há umas velhas que sempre me trazem doces e cigarros. Que mais eu vou querer? Melhor que isto aqui só o paraíso.

– E sua liberdade, Chico? – perguntou Tony, indignado com a justificativa do velho para continuar encarcerado.

– Liberdade?! Liberdade pra quê? Pra continuar na miséria, catando tocos de cigarro e bebendo pinga?

– Quer dizer que você se sente feliz aqui? – indagou Tony.

– Olhe, moço, se você me disser o que é essa tal de felicidade, eu respondo à sua pergunta.

O delegado soltou um risinho e, pondo o braço nas costas de Tony, comentou:

– Como veem, o nosso Chico Pó-de-Arroz conhece alguma coisa da nossa vã filosofia, e sua apreensão, Tony, é infundada. – Virou-se para Chico, que já fora sentar-se na cama, e o advertiu: – Só lamento dizer-lhe,

Chico, que essa mamata vai acabar logo. – E voltando-se para os dois rapazes, perguntou: – Estão satisfeitos?

Tony respondeu com um comentário:

– Pra quem está na situação dele, liberdade é só uma palavra, nada mais. O que conta é o estômago.

– Disse-o bem – aprovou o delegado, que ajuntou: – E o pior é que tem muita gente na mesma situação, embora não estejam nas celas de uma cadeia pública.

Tony percebeu que nada mais tinha a fazer ali. Deu um tapinha nas costas de João e disse ao dr. Edson:

– Depois dessa, doutor, só nos resta riscar o nome do Chico dos noticiários da rádio.

– Já está riscado – emendou João Cruz.

Despediram-se à porta de entrada da Delegacia e o dr. Edson voltou depressa à sua sala.

Sentou-se à mesa, pegou uma caneta e ficou batendo-a num bloco de papel, enquanto dizia a si mesmo que Eleutério Bezerra Júnior estava em maus lençóis. Depois, soltou da caneta, abriu uma gaveta e tirou o lenço branco que o criminoso esquecera na boca da infeliz menina Susana. Colocou-o sobre a mesa, fixou os olhos no monograma E. B., bordado com linha preta, e ficou maquinando sobre o que deveria fazer.

O delegado sabia que nos tocos de cigarro deixados por Tony não seriam encontradas as impressões digitais de modo a permitirem a identificação do fumante. Tony não sabia disso por ser leigo no assunto. E talvez Bezerrinha também não soubesse. Então ele poderia blefar, dizendo que Kojak recolhera um toco de cigarro no local do crime e outro num cinzeiro da sorveteria Pop e que os dois tinham as mesmas impressões digitais. Mas, primeiramente, inquiriria o rapaz acerca do que fizera no domingo à noite. Júnior, é óbvio, juraria inocência. Então ele mostraria seu próprio lenço amassado, dizendo ter sido encontrado na boca de Susana. Talvez o moço caísse na armadilha, alegando que seus lenços tinham bordadas as iniciais de seu nome. E se mesmo assim Bezerrinha encontrasse uma saída, ele mencionaria a agressão a Tony. Diria que o radialista agredido o reconhecera como sendo o mesmo motoqueiro que no domingo às onze e pouco da noite saíra do Matinho Seco.

113

Bem, o plano para o interrogatório estava arquitetado, mas como prender Bezerrinha sem provocar a ira popular, a revolta, o tumulto de consequências imprevisíveis? A oposição, por sua vez, tripudiaria sobre o prefeito e não seria justo o pai pagar pelo crime, ou crimes, do mau filho. Ou seria? O dr. Edson teve em suas retinas a imagem do prefeito – alto, gordo e calvo – com as mãos na cabeça, sem saber o que fazer. Mau administrador, um homem simplório, mas probo, Eleutério provavelmente não suportaria a vergonha e mataria Júnior. Ou talvez se suicidasse. E d. Guida? Todo mundo sabia que ela tinha problemas de saúde. Então dificilmente aguentaria o baque. Morreria do coração ou de amargura. Também havia os outros filhos do casal, quatro, dois homens e duas mulheres, casados, todos bem situados na sociedade. Sim, seria uma desgraça para toda a família Bezerra. Todavia, como delegado, tinha de ir em frente, descobrir o assassino, fosse quem fosse. E tudo indicava que o facínora era Bezerrinha.

Levantou-se, pegou o paletó cinza que estava no respaldo da cadeira, vestiu-o e disse consigo mesmo: "É melhor eu ir para casa, ouvir um pouco de música, repensar os passos do meu plano para inquirir o Júnior e à tarde interrogá-lo em seu lar".

21

Precisamente às quatro da tarde, o dr. Edson deixou seu carro no Largo da Matriz e encaminhou-se vagarosamente para a mansão de Eleutério Bezerra. E à medida que dava seus passos, ia imaginando as perguntas que faria a Júnior.

No portão colonial, deu com o prefeito que saía.

– Seu Eleutério, preciso falar com o senhor.

O prefeito notou a cara fechada do delegado e pressentiu que o assunto deveria ser grave, pois o dr. Edson nem o cumprimentara.

– O que houve, doutor? O senhor parece muito preocupado.

– Eu gostaria de falar a sós com o senhor. É uma questão muito séria e delicada.

– Então vamos ao meu escritório. Entre.

Atravessaram o jardim e logo que adentraram ao espaçoso escritório do prefeito, este fechou a porta e indicou uma poltrona ao delegado. Em seguida, sentou-se à mesa e com visível ansiedade perguntou:

– Que houve, doutor? Por que esse mistério todo?

– É sobre o assassinato da menina Susana.

– Sim. Mas o que isso tem a ver comigo?

– Seu Eleutério – começou o delegado, pausadamente –, infelizmente há indícios que apontam seu filho Júnior como suspeito.

O prefeito empalideceu. Não, não podia acreditar no que ouvira. Era uma coisa sem propósito, absurda, ridícula. Um engano, certamente. Franziu a testa, prendeu a respiração, fulminou o delegado com os olhos e esbravejou:

– Isso é um absurdo! O senhor sabe bem o que está falando?! Essa é uma acusação gravíssima!

115

– Sim, senhor prefeito, já avaliei todas as possíveis consequências deste meu ato. Ocorre, todavia, que há indícios que me forçam a interrogar seu filho. Espero que o senhor compreenda.

– Mas isso é uma loucura! – gritou Eleutério. – Meu filho é um palerma, um banana, não seria capaz de matar um mosquito. Como poderia... Não, doutor, deve haver algum engano, um equívoco de sua parte.

– Seu Eleutério, o senhor não me entendeu. Eu disse que há indícios, não acusei seu filho. Há que ouvi-lo. Entretanto, resolvi primeiro falar com o senhor, que merece todo o respeito e consideração. Inclusive para evitar um escândalo e possível exploração política de seus opositores, pretendo tomar o depoimento de seu filho aqui mesmo, em sigilo. Ele está em casa?

– O senhor sabe que eu poderia não lhe permitir?

– Absolutamente.

– Eu posso pagar um bom advogado que... – Eleutério se ergueu e apontou o dedo em riste ao delegado – que provaria que o senhor está errado.

O dr. Edson também se levantou e, sem alterar o tom de voz, ponderou:

– Não há motivo para o senhor se enervar. Eu disse que desejo apenas inquirir seu filho. O depoimento dele poderá até isentá-lo de qualquer suspeita. Espero que o senhor entenda que estou lhe fazendo um favor.

– Sim, sim, sim. Mas o delegado tem provas que possam incriminar o Júnior?

– Provas conclusivas, não. Mas uma pessoa viu seu filho voltando de moto do Matinho Seco no domingo após o crime. Notou que ele usava um capacete preto e uma camiseta vermelha iguais as de Júnior. Depois conseguimos alguns elementos que me obrigaram a vir aqui para interrogar seu filho, sob pena de ser um delegado relapso.

– Não é possível – murmurou Eleutério, passando as mãos nos restos de cabelos nas têmporas. – Não é possível.

– Lamento muito, senhor prefeito, mas dados são dados. A verdade, porém, só virá com o interrogatório de Júnior.

– Sim – balbuciou o prefeito.

– Ele está em casa?

– Como?

– Perguntei se seu filho está em casa?

– Não, não está. Após o almoço, foi de moto à fazenda levar vacinas para o gado e ainda não voltou.

– Ele volta hoje?

– É para voltar. – Eleutério sentou-se num canto da mesa, baixou o semblante, deitou seus olhos mortos nos complicados desenhos do tapete, e começou a lastimar-se: – Esse meu filho só me dá desgostos. Tenho aconselhado tanto esse rapaz a voltar aos estudos, largar essa vida de vagabundo... O pior é que Guida faz todos os seus gostos e assim vai mantendo esse sem-vergonha na vagabundagem. Sonhei tantas coisas boas para ele... Queria que estudasse, que um dia se formasse em Agronomia... Onde foi que errei?

O delegado estava ansioso para se retirar. Não fora ali preparado para ouvir as lamúrias de um pai desiludido. E o prefeito repetia a mesma frase: "Onde eu errei? Onde eu errei?". Resolveu então brecá-lo:

– Seu Eleutério, talvez o senhor não tenha errado. Nem dona Guida. Na adolescência os filhos deixam de ser só nossos e são muito influenciados pelos amigos. Se têm a infelicidade de serem influenciados por grupos de maus elementos, é muito difícil o pai ou a mãe mudarem seu modo de ver o mundo. Querer atribuir só aos pais as causas do desencaminhamento dos filhos é uma maneira muito simplista de analisar o problema. – Parou, reparou que o prefeito parecia com o pensamento distante e surdo às suas palavras e conveio que o melhor a fazer era retirar-se. – Seu prefeito, agora preciso ir. Voltarei amanhã cedo.

Eleutério deixou a mesa, aproximou-se do dr. Edson e, em tom de súplica, perguntou:

– Doutor, o que posso fazer pelo meu filho?

– Aconselhá-lo a dizer toda a verdade – respondeu o delegado. – E se ele for culpado, estudaremos um meio de prendê-lo fora de Remanso para evitar um escândalo.

– Sei. Mas antes que o senhor se vá, quero que saiba que se meu filho fez um mal desses, eu o matarei. Saiba disso, delegado: eu o matarei. Sou um homem honrado, cumpridor de meus deveres religiosos e não vou permitir que meu nome seja maculado.

– Mas o senhor deve manter a calma – aconselhou o dr. Edson.

O prefeito olhou bem para o delegado e se perguntou: "Manter a calma como, meu Deus?".

Dor e ódio mesclavam-se nas expressões faciais do prefeito e o delegado começou a se sentir mal, o suor brotando na fronte, o estômago queimando e um bolo a subir pelo esôfago. Afinal, ele também era pai de dois rapazes e sem querer estava se pondo na situação de Eleutério. Continuar ali, vendo aquele enorme homem esforçando-se para reprimir seu ódio e suas lágrimas, só iria angustiá-lo.

– Seu Eleutério, tenho que ir – e o delegado encaminhou-se para a porta. – Amanhã cedo passo aqui para falar com o Júnior.

O prefeito assentiu com um movimento de cabeça, abriu a porta e conduziu o delegado pelo jardim até o portão de entrada.

Ao voltar a seu escritório, Eleutério trancou a porta, foi à mesa, pegou o telefone e discou para a casa da fazenda. Mas o telefone chamava e ninguém atendia. "Mais essa?" – sussurrou. Bufou, deu um soco na mesa e quando pensou em soltar o fone no gancho, Juvêncio, o caseiro, um negro velho de cabelos prateados, atendeu.– Alô.

– É Juvêncio?

– É, sim, senhor.

– Aqui quem fala é o patrão.

– Sim, senhor patrão. O que o senhor manda?

– O Júnior está aí, não está?

– Deve estar, patrão, porque a motocicleta dele tá no alpendre. É que eu fui levar as vacinas pros peões, fiquei lá com eles e tô voltando só agora. Ele deve tá dormindo.

– Pois vá lá no quarto e acorde ele! Diga-lhe que quero falar com ele já! Entendeu?!

– Sim, senhor patrão. Espere um pouco.

Juvêncio pôs o fone sobre a mesa, soltou um muxoxo e, enquanto se dirigia ao quarto, pensou: "Eu nunca vi seu Eleutério brabo desse jeito. O que será que aconteceu?".

Bateu na porta, mas Júnior não respondeu. Bateu de novo com mais força e nada. Girou a maçaneta, empurrou a porta e constatou que estava trancada.

– Júnior! – gritou.

Como não obtivesse resposta, repetiu mais alto:

– Júnior! Júnior! Júnior!

Não obteve resposta. Socou a porta e nada. "Meu Deus, será que houve alguma coisa?" – pensou.

Voltou ao telefone e informou ao patrão que a porta estava trancada e Júnior não respondia a seus chamamentos.

O prefeito, irritado, o orientou sobre como proceder:

– Veja na última gaveta dessa mesa, debaixo de um maço de folhas de papel, um molho de chaves. Pegue-o, vá lá, abra a porta e acorde esse malandro. Diga que eu quero falar com ele, senão vou aí e...

– Sim, senhor.

Juvêncio abriu a gaveta, pegou o molho de chaves e foi para o quarto matutando: "Alguma coisa de muito ruim aconteceu, porque não pode ser que esse menino tenha um sono profundo desse jeito. Mas pode ter acontecido o quê?"

Abriu a porta e ficou aterrorizado com o que viu: Bezerrinha, descalço e sem camisa, estava estirado no chão.

Aproximou-se e verificou que o rapaz tinha os olhos esbugalhados e parados, a boca aberta e a língua enrolada. No chão, a seu lado, havia uma seringa hipodérmica, pedaços de algodão manchados de sangue e um elástico. Sobre o criado-mudo, dois maços de cigarros, um cinzeiro cheio de tocos, um isqueiro, três litros vazios de água mineral, um copo, uma colher, um espelhinho, uma lâmina e dois envelopinhos. Na colcha e no travesseiro havia manchas de sangue.

Juvêncio ajoelhou-se e verificou que o rapaz estava com o rosto amarelado. "Deve estar morto mesmo" – pensou e pôs a mão no peito dele. Abanou a cabeça negativamente e disse baixinho: "Que loucura, menino".

Levantou-se e correu ao telefone.

– Patrão! Patrão!

– Fale, homem! Fale!

– O Júnior tá morto.

– O quê?!

– Seu filho tá morto. Acho que ele se suicidou.

– Você tem certeza, Juvêncio?

– Que nem que eu tô vivo.

– Olha, então não mexa em nada que eu vou para aí já. Feche a porta do quarto e não deixe nenhum empregado entrar.

– Sim senhor, patrão.

Eleutério pôs o fone no gancho, deu dois passos, sentou-se no sofá e ficou segurando o pranto, enquanto com muita dificuldade pensava como deveria agir. Concluiu que precisava ser cauteloso. Mentiria à mulher, dizendo que o filho sofrera um acidente. Depois iria à casa de Antero, o filho mais velho, passariam pela casa do delegado e pela do dr. Waldir para levá-los à fazenda. Tudo faria com muito cuidado, pois era preciso evitar o escândalo, a desmoralização.

Saiu do escritório e foi à cozinha, onde a mulher e a empregada, a velha Rosária, ultimavam o jantar.

– Guida – disse ele aproximando-se lentamente dela e tocando-lhe nas costas –, o Júnior sofreu um acidente na fazenda.

A mulher empalideceu. Levou as mãos ao rosto e gaguejando perguntou:

– Mas... você tem... você tem certeza?

– O Juvêncio me telefonou. Vou pegar o Antero e vamos pra Terra Vermelha. Tenha calma, Guida.

– O Juvêncio disse se é grave? O que aconteceu com ele?

Eleutério não respondeu. Tinha que inventar uma mentira, mas que mentira?

– Ele não disse como foi? – insistiu a mulher.

– O Júnior... ele... ele caiu do cavalo. De um cavalo xucro. E parece que não está bem.

– Então eu vou com você.

– Não, Guida. Não vai adiantar nada. Eu volto logo.

Sem que a mulher percebesse, Eleutério fez um sinal à empregada que precisava falar com ela e foi para a garagem.

Rosária foi à sala, pegou o chapéu do patrão e também se dirigiu para a garagem.

– Rosária, tome conta da Guida – pediu Eleutério quando ela se aproximou do carro. – O Júnior está morto.

– Morto? – e ela levou as mãos ao rosto.

– É. Então você vai preparando o espírito dela, que a gente vai trazer o corpo pra cá. Entendeu?

– Sim, senhor. Eu faço tudinho o que o patrão falou.

– Agora vá.

Ele entrou no carro, inspirou fundo, ligou o motor, olhou-se no retrovisor e perguntou baixinho:

– Por que este sofrimento, meu Deus?

Pisou firme no acelerador e rumou para a casa do filho mais velho.

22

Como só acontece quando um filho de político importante se suicida, logo espalhou-se pela cidade uma história mentirosa: ao tentar amansar um cavalo xucro, Bezerrinha caíra e dera com a cabeça num mourão do curral, tendo morte instantânea. Mas Tony, como outras pessoas que sabiam ser ele um usuário de drogas, não engoliu a mentira. Por esse motivo, à noite, na rádio, quando João Cruz apareceu com o texto que dizia ter "o jovem e futuroso filho do senhor prefeito falecido em lamentável acidente na fazenda Terra Vermelha", Tony olhou para ele e protestou:

– Pô! João, até você?! Esse fulano se suicidou, tá na cara.

– Mas acontece que as firmas dos irmãos dele são anunciantes.

– E daí? Não vou puxar o saco de ninguém. Dou a notícia da morte e a hora do enterro e só. Que hora vai ser?

– Taí no fim do texto. Você nem leu...

– Tá. Às quatro, né? Vou dar a notícia e depois pensar num mundaréu de coisas.

– Que coisas?

– Pô! João, esse cara se matou porque era o assassino das meninas.

– Você tem tanta certeza assim?

– Como dois e dois não são cinco.

– São quatro, né? – brincou João, para descontrair.

– Pode ser. Mas dois negativos com dois positivos dá zero. Agora me deixe aqui com o Sonhando com Você.

– Tá zangado, chefe?

– Não sou seu chefe.

– Mas será.

– É. Se Deus quiser. Agora chega de papo furado e tchau mesmo.

– Tchau.

Na manhã seguinte, Tony passou pela rádio e recebeu de Eugênio Modesto ordem para substituir todos os programas por música erudita, preferencialmente fúnebre. Achou uma tolice, protestou, mas nada pôde fazer contra o argumento do dono da rádio: a família Bezerra era uma potência econômica e há anos ajudava a manter a emissora no ar.

Tony então pediu a Vivaldino das Dores que selecionasse música fúnebre e mandasse Palimércio ir tocando um disco atrás do outro. Em seguida, dirigiu-se à Delegacia de Polícia, ansioso por saber como ocorrera a morte de Bezerrinha.

Desceu do carro reclamando da chuva e foi direto para a sala do delegado, que o recebeu com certa alegria.

– Foi bom você ter vindo – disse o dr. Edson. – Estou precisando de alguém com quem possa me desabafar. – Deu a mão a Tony e pediu-lhe que fechasse a porta e se sentasse no sofá.

Tony o atendeu e ele começou falando que procurava Bezerrinha e só encontrara o pai. Resumiu os pontos principais da conversa entre ambos e passou rapidamente a historiar parte da vida do filho do prefeito.

Bezerrinha, pouco depois de ingressar no segundo grau, deu para se desentender com o pai, que exigia dele uma definição sobre o que fazer de sua vida: estudar ou trabalhar. Porém o rapaz não queria nem uma coisa nem outra. O que ocorreu foi que durante os anos de infância Eleutério sempre protegeu o menino, mimou-o demais dando-lhe tudo que quisesse, como quisesse e na hora que quisesse, sem nada exigir e sem nunca dizer não. Júnior cresceu, mas não amadureceu. Não aprendeu a dirigir sua própria vida e nem a conhecer os valores exatos das coisas do mundo.

Quando chegou à adolescência e o pai percebeu que ele estava se tornando um homem, quis do rapaz o que ele não podia dar por não ter e que era disciplina, responsabilidade e a aspiração de ser alguém no mundo. Então, vendo que o filho não estudava e vivia sempre criando problemas na escola, Eleutério pensou em puni-lo mandando-o trabalhar na fazenda, pois quem sabe assim aprenderia como é duro ganhar o pão de cada dia. Todavia, não contou com a colaboração de d. Guida. Pelo contrário, ela o criticava na frente do filho e, sem desconfiar de que este sempre lhe mentia, dava-lhe o dinheiro que pedisse e o mimava, tal qual o fazia quando ele era um bebê. Eleutério cansou de discutir com ela e com Júnior e concluiu que jamais o faria compreender que o caráter de um homem só se forja com estudo, trabalho e bons exemplos. Assim, passou a tratar o rapaz com indiferença, embora vez ou outra se exasperasse com as coisas erradas que ele fazia e passasse a hostilizá-lo por dois ou três dias. Isto ocorreu quando o filho capotou seu carro novinho e depois ao ser detido por porte de maconha. Mas para não continuar brigando com Guida, dava uma boa semanada ao rapaz; também comprou-lhe uma moto.

Júnior não conseguia dialogar com o pai. Achava-o um coração de pedra, mas nunca se perguntou se não era um mimado filhinho da mamãe. Chegou a pensar em consultar um psicólogo. Ele talvez lhe explicasse o motivo de não se dar bem com o pai. Infelizmente, por influência de seus companheiros, perdeu a oportunidade de melhor se conhecer, saber do porquê de certos filhos rejeitarem ou serem rejeitados pelos seus pais e definir um sentido produtivo à sua vida. Ao invés da análise das causas de seus conflitos e frustrações, preferiu a fuga, numa viagem muitas vezes sem volta. Envolveu-se com traficantes e passou a ser usuário de maconha, cocaína e até crack, este, quando se via com pouco dinheiro. Sua preferência era pelo "pó". Gostava do ritual preparatório antes das picadas.

– Que coisa triste, meu Deus – disse Tony, quando o dr. Edson parou de falar.

– Uma loucura – prosseguiu o delegado. – Só vendo para crer. O moço estendido no chão, com os olhos vidrados, a língua enrolada, sangue na colcha, no travesseiro... Um horror.

– Eu calculo.

– Você sabe, Tony, o que acontece quando o indivíduo injeta cocaína na veia?

– Tenho ideia de quando aspira.

– É coisa violenta. A pessoa tem muita sede, bebe água sem parar e fuma desesperadamente. Se os jovens que estão desejando entrar no mundo das drogas soubessem...

– No começo, o cara imagina que está numa boa, não é mesmo, doutor?

– Perfeitamente. No início, ao aspirar o pó, o sujeito tem a sensação de regozijo, força sobre-humana e grande vivacidade mental. Mera ilusão. Depois é que constatará isso, pois terá náuseas, perturbações digestivas, perda de apetite e até perfuração do septo nasal. Aí já está viciado, seu organismo não consegue viver sem o tóxico. Precisa de doses mais fortes e então apela às picadas nos braços. Quando essas veias começam a secar, passa às do pé. É horrível.

– Mas o pior devem ser os transtornos mentais, não?

– Sem dúvida. O sujeito tem ilusões, alucinações e, não raro, atos violentos. Alguns têm os impulsos sexuais agressivos à flor da pele. Por isso e pelos elementos de que dispunha, deduzi que o Bezerrinha podia ser o tarado que violentou e matou as meninas.

– Esses elementos são os que forneci?

– Também. Ontem, quando conversamos e você me contou tudo o que sabia, tive a confirmação de que ele era o suspeito. Confirmação porque eu tinha em mãos um outro elemento muito importante. – o delegado abriu a gaveta, tirou um lenço branco todo amassado, colocou-o sobre a mesa e apontou para o monograma.

– Veja as iniciais E. B. Esse é o lenço esquecido na boca de Susana.

– E. B. Então era dele. Isto o incriminaria, não?

– Por si só, não. Ele poderia ser de outro E.B. ou ter sido roubado. O interrogatório é que iria esclarecer. Uma coisa, porém, é certa, Tony: um erro infantil como esse, ou seja, o assassino esquecer seu lenço na boca da vítima, só pode ter sido praticado por alguém mentalmente perturbado e não apenas por um sujeito com desvio sexual.

Tony levantou-se, foi até a janela, ficou observando por entre os vidros a chuva que engrossara e a enxurrada vermelha na sarjeta. Depois virou-se e perguntou:

– E agora, doutor, como fica esse caso? O povo saberá de tudo?

– O que você acha?

– Não sei não. Se o povo souber...

– É isso mesmo que você está imaginando. O povo não pode ficar a par do que sabemos e para tanto conto com a sua colaboração e a do João Cruz. Por favor, não comentem com ninguém.

– O senhor pode ficar tranquilo. Ficaremos de bico fechado.

– Grato, Tony. Sabe, não acho justo que os pais e os irmãos desse desmiolado paguem por seus crimes, se é que foi ele quem os praticou.

– Mas o senhor ainda tem dúvida?

– Não. Mas... Bem, como eu dizia, não podemos permitir que a ira popular seja canalizada para a família Bezerra. Além do mais, por que oferecer um prato cheio desses aos inimigos políticos do prefeito? Eles também são iguais ou piores dos que estão no poder.

– O senhor não crê que haja exceções?

– Pode haver. Entretanto elas não invalidam a regra.

– Bem, doutor, voltando ao caso, quer dizer que o inquérito morre aqui?

– Não. Vou levar adiante o processo. Mas em caráter sigiloso. Mais tarde irá para o juiz de Direito, que certamente o manterá em segredo e o arquivará. Isso é lá com ele.

– E a gente vai ter que suportar os efeitos desta frustração, né?

– Frustração, Tony? Por quê?

– Eu, particularmente, estava louco para ver o assassino na cadeia.

– Eu também. Todavia a vida é assim mesmo. Nem sempre as coisas saem como desejamos.

– E no caso do Bezerrinha não se pôde fazer justiça.

– É. Ele está morto. Seu caso agora vai para instância superior, a justiça divina.

– E dessa ninguém escapa.

– Disse bem.

– Então, doutor, só me resta agradecer-lhe por ter sido tão amável comigo quando o procurei ontem e ter tido a delicadeza de me contar a história de Bezerrinha. É bom a gente saber do que se livrou, talvez pela ajuda de alguma boa alma.

– Como assim?

– O que quero dizer é que todos que já foram tentados a entrar no inferno das drogas e não entraram, devem erguer as mãos ao céu e agradecer a Deus por continuarem usufruindo das coisas boas da vida.

– E poder semear o amor.

– É isso aí.

Tony estendeu a mão ao dr. Edson e quando este a apertou agradeceu:

– Muito obrigado, amigo. E não se esqueça: conto com o seu silêncio.

– Ah, sim, como não, doutor? Entretanto, independente de nós, um dia essa história será conhecida pela população de Remanso. Algum amigo do Bezerrinha devia saber de suas loucuras e por certo dará com a língua nos dentes.

– É possível. A verdade é como cortiça na água. Por mais que a queiramos no fundo, ela teima em ficar boiando.

23

Tony foi para a pensão e, enquanto aguardava a hora do almoço, ficou estendido na cama meditando no caso de Bezerrinha e lembrando da vida sem rumo que levara dos 15 aos 18 anos. Ao pensar que poderia ter tido o mesmo destino dele, caso continuasse entregue ao vício, sentiu um arrepio na espinha e se perguntou: "Então, por que fui salvo, meu Deus? Será que não tenho uma missão a cumprir nesta vida? Qual? Semear o amor, como disse o delegado? Mas que diabo de semeador sou eu, que saí de casa e nunca mais enviei uma notícia sequer? Agi corretamente escapando dos traficantes. Entretanto, poderia ter me comunicado com minha mãe. Ela deve ter sofrido muito, coitada. E o pior é que até hoje deve estar se perguntando por que deixei o lar.

Meu pai também não merecia todo o desrespeito e a hostilidade com que o tratei depois que soube de sua aventura amorosa. Pode ser que ele tivesse lá suas razões. E mesmo que estivesse errado, não deixava de ser meu pai. Eu devia ter tido mais consideração por ele, ter tentado o diálogo, procurado compreendê-lo. A verdade é que eu não sabia o que era o amor e que amar é saber dar e perdoar. E agora? Por acaso sei o que é amar? Serei capaz de perdoar meu pai? Terei humildade suficiente para pedir perdão a Maurício e Neusa, meus irmãos, que tanto hostilizei? E se nenhum deles me perdoar? Não, não posso me sentir tão culpado pelo que fiz. Terei que contar-lhes tudo que aconteceu comigo dos 15 aos 18 anos, explicar-lhes porque fugi e como vivi longe de casa. Por certo me compreenderão e então tudo estará bem. Mas por que estou tão preocupado assim? Deve ser saudade de minha família. Ela está no mais profundo de meu ser e, enquanto não voltar a viver em paz com ela, serei um homem incompleto. Por isso tenho que revê-la. Poderia telefonar para minha mãe, dando-lhe notícias e dizendo-lhe do meu desejo de visitá-la. Aproveitaria para perguntar de meu pai. É isso mesmo que farei. Mas quando?"

Seu Diaulas bateu na porta avisando:

– Almoço!

Levantou-se, ajeitou os cabelos e foi para o refeitório, onde o prof. Rufino Leocádio já se encontrava sentado a uma mesa.

– Olá, mestre, tudo bem? – Tony puxou uma cadeira e sentou-se.

– Mais ou menos. Felizmente a chuva parou. Detesto chuva e frio.

– Soube da morte do Bezerrinha?

– Sim. Vi o corre-corre ontem à noite. Moramos perto, esqueceu?

– Ah, sim. E esteve na mansão de Eleutério?

– Sim. Vim de lá agora pouco. Sou inimigo político de Eleutério, mas o Júnior foi meu aluno. E alunos são como filhos, se bem que ele...

Tony o interrompeu:

– Que coisa horrível, não?

– A morte?

– É.

– Horrível mesmo. Dizem que foi um acidente na fazenda, mas todo mundo sabe que o moço morreu com uma superdose de cocaína.

– Como o povo ficou sabendo?

– Sei lá. Os soldados... Alguém deve ter espalhado a verdade. E você, esteve na residência do Eleutério?

– Não. Nem vou.

– Faz bem. Se eu tivesse pensado duas vezes não teria ido. Dona Guida, coitada... Quer desgraça maior que uma mãe perder um filho na flor da idade e nessas circunstâncias? Todo jovem precisaria ver o desespero daquela infeliz mulher para pensar um pouco mais na família. Tony, o Eleutério estava arrasado. Quanta coisa boa ele não houvera ideado para a vida desse filho...

Seu Diaulas, que vinha pelo corredor com o bandejão, encostou na mesa, começou a pôr as travessas e entrou na conversa:

– Vocês falavam do Bezerrinha, não é? Esse rapaz só deu desgostos a seus pais.

– Mas ele não nasceu assim – contrapôs Tony.

E o professor ajuntou:

– Muita coisa errada deve ter acontecido na vida dele desde a infância. Essa foi a culminância de um longo processo de desajustes.

– Mas nada justifica o sujeito tornar-se um viciado – afirmou seu Diaulas, visivelmente contrariado, enquanto pegava o bandejão e ia para a cozinha.

Quando o velho saiu. Tony voltou ao diálogo com o professor:

– Sabe, mestre, isso que o senhor disse a respeito do jovem pensar mais em sua família mexeu comigo, me tocou, sabe? Saí de casa com dezoito anos sem saber direito o que estava fazendo. Tinha lá meus motivos, mas saí sem dizer nada a meus pais. Minha mãe deve estar sofrendo muito.

– E seu pai, não?

– É... Talvez. Tive muitos atritos com o velho. Hoje, porém, mais amadurecido, reconheço que não fui legal com ele. Eu era um garoto imaturo, inseguro e impulsivo. Não sabia nada da vida e por falta de experiência era incapaz de compreender os motivos da conduta das pessoas e aceitá-las como são. E ainda por cima fiz muitas coisas erradas.

O prof. Rufino parou de comer e sorriu. Tony percebeu.

– Do que o senhor ri?

– Estou achando engraçado seus rodeios em torno do sentimento de culpa que o perturba.

– O senhor acha que tenho sentimento de culpa?

– Não é preciso ser psicólogo para perceber que está em conflito.

– De fato estou.

– Então defina-se. Não adianta nada ficar remoendo esse sentimento. Se, como diz, não foi legal com seus pais, por que não vai visitá-los? Tem medo de ser recebido com recriminações?

– Sinceramente, sim.

– Não creio que seus pais o tratem mal. Conversando, vocês poderão aclarar muitas coisas e chegar ao entendimento. Pais são pais, Tony. Não acredito que tenham deixado de amá-lo. E quem ama perdoa. Eles o perdoarão. Vá visitá-los. Eles gostarão de revê-lo e vão estranhar como você está amadurecido. Hoje em dia é muito difícil encontrar um jovem como você.

– Obrigado, mestre, pelo elogio. É que no tempo que fiquei trabalhando no parque eu não tinha o que fazer na maior parte do dia e então lia romances. Eles me ensinaram muito.

– A literatura ensina muito mesmo, porque ela é uma interpretação do mundo e não apenas uma descrição da realidade como o faz a ciência. É o que sempre digo aos meus alunos: leiam sempre para compreender melhor o mundo, mas escolham boas obras, e não meramente livros para matar o tempo.

– É verdade, professor, porém estamos nos esquecendo da comida. Dizem que palavras não enchem o estômago.

– Mas alimentam o espírito – contrapôs o professor.

– Sem dúvida – concordou Tony. Agora só me resta passar da teoria à prática, porque o importante nesta vida não é falar, mas fazer.

– Filosofando?

– Repetindo autores que li. Por sinal, sempre que me lembro que o importante não é o discurso, mas a ação, começo a rir, pois defendo meu arroz com feijão falando ao microfone.

– Em alguns casos, como o seu e o meu, o falar é o fazer, desde que ensinemos, aos que sabem menos que nós, alguma coisa sobre essa difícil arte de viver. Cristo disse "ide e ensinai". Só que seus discípulos sabiam muito bem o que tinham de ensinar. Mas nós, pobres mortais, nem sempre temos consciência do que devemos transmitir aos que nos ouvem.

– Tem razão. Todavia o senhor foi capaz de ler minha alma e me dizer exatamente o que eu devo fazer. Se a gente tivesse conversado antes...

– Tudo na vida tem seu tempo. Como na natureza. Pena que muitos teimem em não aprender essa lei.

– É. Tudo tem seu tempo. O fruto vem depois da flor.

– E o perdão após a compreensão, como no seu caso, Tony.

Seu Diaulas, que se aproximava, pegou o final do diálogo e, como de costume, intrometeu-se:

– Depois que surgiu essa tal de Psicologia, todo mundo vive dizendo que é preciso compreender os viciados, os vagabundos, os delinquentes e toda essa cambada de safados que infesta a cidade. Eu não duvido nada se vierem me dizer que o Bezerrinha era um bom menino, que nunca foi compreendido, que tinha seus motivos, enfim, toda essa baboseira...

O prof. Rufino e Tony não lhe responderam. Levantaram-se e silenciosamente deixaram o refeitório.

O velho baixou a cabeça, soltou um palavrão e pôs-se a tirar a mesa.

24

No quarto, Tony recordou trechos da conversa que tivera com o professor e decidiu que chegara o momento de se comunicar com seus familiares, dar-lhes notícias, quem sabe ir a Londrina, revê-los e voltar. Sim, tinha que retornar por causa da rádio e de Marta. Pensou nela e lembrou-se de que prometera contar-lhe como fora seu encontro com o delegado. E o faria tomando o cuidado de pedir-lhe para guardar segredo.

Antes de pegar a avenida que ligava o centro à Vila Popular, Tony parou a caminhonete no Largo da Matriz e ficou observando quem entrava e quem saía da mansão do prefeito. Até que viu Lulu Boia-Fria, de braço com a esposa, saindo. Sentiu uma profunda revolta, porque constatava que realmente não havia uma sincera oposição ao prefeito. Lulu e os de seu partido, nas sessões da Câmara, não passariam de atores representando uma farsa, cujo autor devia ser Eleutério Bezerra. Teve vontade de descer, correr até o líder da oposição, dizer-lhe uns desaforos... Mas pesou bem os prós e contras dessa atitude e optou por socar o volante e xingar baixinho. Imediatamente, ligou o carro e rumou para a casa de Marta.

Pouco depois, na sala, sentado no sofá ao lado de Marta, tendo à sua frente seu Pascoal na cadeira de rodas e d. Filomena numa poltrona, Tony quis saber se tinham conhecimento da morte de Bezerrinha.

– Claro – respondeu Marta. – Ouvimos a notícia dada por você na rádio. Só não sabemos exatamente como ele morreu. Você sabe? – Tony assentiu com a cabeça e ela pediu: – Então conte.

– Bem, seria melhor eu relatar a vocês tudo o que ocorreu desde quando vim me aconselhar com seu Pascoal. Ao sair daqui...

Tony expôs tudo que aconteceu consigo e o que ficou sabendo através do dr. Edson. Ao findar, d. Filomena arregalou os olhos e perguntou:

– Então o Bezerrinha era mesmo o tarado que matou as meninas?

– Tudo leva a crer que sim, mas como ele morreu fica a dúvida.

– E o inquérito? – indagou seu Pascoal.

– Vai prosseguir em caráter sigiloso. Depois o delegado o remeterá ao juiz de direito, que talvez o arquive. Olha, não sei bem como é esse negócio. A única certeza que tenho é que devo ficar com o bico fechado. Prometi ao doutor Edson. Ele quer preservar a família do prefeito de críticas, ataques e não sei mais o quê. E tem lá suas razões. Os pais e irmãos de Bezerrinha não devem pagar por seus crimes, se é que foi ele o autor deles.

– E o que você acha? – indagou Marta.

– Não vou lhe mentir. Acho que foi ele. O delegado, no fundo, também deve achar. Talvez até o pai. Mas o povo vai continuar temendo o maníaco sexual por algum tempo, porque nem de leve pode imaginar que o filho do prefeito era um viciado, pervertido sexual e assassino.

– Você tem razão – concordou seu Pascoal, alisando a testa. – Ninguém pode acreditar num caso como esse. Geralmente todo mundo pensa que tarado e assassino é só pobre. Entretanto, você verá que quando assentar a poeira a verdade aparecerá e a família Bezerra vai sofrer muito.

– Sofrer mais?! – exclamou d. Filomena, indignada. – Já não chega tudo isso? O filho abusa de tóxicos e se suicida. Quer tragédia maior?

– Parece que d. Guida nem desconfia que ele se suicidou – informou Tony.

– Mas ficará sabendo – afirmou seu Pascoal. – Em Remanso mentira tem perna bem curta.

– Eu acho – opinou d. Filomena – que se a polícia prendesse os viciados em drogas não acontecia dessas coisas.

Marta e Tony entreolharam-se. Ela pegou no braço dele, como a pedir-lhe calma, enquanto sua mãe prosseguia com sua veemente crítica aos que abusam de drogas e aos policiais. Até que, em determinado momento, seu Pascoal a advertiu que estava muito nervosa. Ela, porém, tentou justificar-se:

– É que penso nos pais das meninas que foram selvagemente mortas e chego à conclusão de que se a polícia acabasse com todo tipo de viciados não haveria desses crimes. – Virou-se para Tony e perguntou: – Você não acha?

Ele coçou a cabeça, olhou para Marta e pensou: "Dona Filó fala por falar, quer apenas descarregar sua revolta. Suas ideias estão totalmente erradas e seria bom que soubesse disso para não ficar por aí repetindo esses falsos juízos. Porém, não estou a fim de prolongar este papo...".

Julgando-o distraído, d. Filomena tornou a perguntar:

– Tony, você não acha que se a polícia prendesse os viciados acabaria com muitos crimes como esses das meninas?

Ele não queria levar o assunto adiante, mas fazer o quê? Por delicadeza, via-se obrigado a dizer alguma coisa.

– Dona Filó – começou calmamente, com a voz pausada –, a polícia deveria acabar com o tráfico de drogas. Prender os viciados não resolve, porque os traficantes estão sempre criando novos dependentes. E quanto aos crimes, muitos assassinos não são viciados em drogas e muitos viciados não matam ninguém. Infelizmente, os tóxicos despertam a agressividade de certas pessoas que já têm problemas de personalidade. As drogas são maléficas ao homem em todos os sentidos, é claro, mas as causas da perversidade são mais profundas. Os senhores me entendem? – Mulher e marido assentiram com a cabeça e ele prosseguiu: – Há um mundo de fatores que levam as pessoas como Bezerrinha a cometer esses desatinos e estudá-los para preveni-los é dever de todos nós. De minha parte, vou colaborar com a sociedade. No ano que vem, vou convidar médicos, professores, advogados, delegados, padres e pastores, gente que na região lida com dependentes químicos, para participarem de um programa que pretendo criar. Eles falarão dos problemas dos jovens e responderão às perguntas dos ouvintes. O rádio e a televisão deveriam ser mais educativos, não?

– Sim, claro – respondeu Marta.

Seu Pascoal e d. Filó olharam admirados para Tony. Jamais haviam pensado no problema da forma como ele o colocou.

Desconfiando que já falara demais sobre fatos desagradáveis e cansativos e desejando ficar a sós com a namorada, Tony alegou que precisava ir, pois tinha várias coisas a fazer na rádio. Levantou-se e se despediu de seu Pascoal e de d. Filomena.

No alpendre, ele disse a Marta que estivera pensando bastante na família e tencionava ir a Londrina.

– É uma boa, Tony – apoiou ela, com um sorriso. – Eles ficarão felizes.

– Você acha mesmo?

– Lógico. E quando você pretende ir?

– Hoje à noite. Há um ônibus que vem de São Paulo e passa aqui às dez e meia. Mas primeiro tenho que falar com Eugênio para ver se ele me autoriza. Bem, se não autorizar, vou do mesmo jeito. Eu quando decido uma coisa...

Ela o abraçou e o beijou. Ele percebeu uma certa apreensão boiando nos olhos dela.

– Você parece que ficou triste, Martinha?

– Um pouco. Pra ser bem franca, tenho medo que você não volte.

Ele riu.

– É claro que voltarei. Tenho meu trabalho na rádio, você sabe disso.

– Sim, sei. Você tem que voltar porque vai arrendar a rádio – e ela baixou o olhar.

Ele notou a tristeza dela. Beijou-a e sussurrou:

– Qualé, gatinha? Você sabe que gosto de você. Se não estivesse na rádio, voltaria do mesmo jeito. Não fique triste, tá? Fico lá dois ou três dias só.

Ela passou as mãos nos cabelos dele, beijou-o e confessou:

– Sabe, Tony?, eu sempre fui muito insegura, por causa de uma porção de coisas e com o caso do meu pai fiquei na pior. Aí pintou você na minha vida e tudo mudou, sabe? Gostei de você desde o primeiro momento que a gente se viu.

– Você não tem medo que eu fique convencido?

– Não. Por isso estou lhe dizendo essas coisas. Pra ser bem sincera, tenho muito medo de perder você, porque agora estou gostando da vida.

– Olha, Martinha, não fique preocupada. Você sabe que eu preciso reparar o erro de ter saído de casa sem dizer nada a meus pais, que devem estar sofrendo até hoje. Eu voltarei e a gente vai curtir a vida, se vendo todo dia na rádio. Agora, vem cá – e ele a enlaçou e a beijou apaixonadamente.

Despediram-se e ele correu para a caminhonete. Sentou-se ao volante, ligou o motor e acenou a mão para ela.

Marta jogou-lhe um beijo e ele partiu feliz como nunca antes estivera em sua vida.

25

Ao chegar à Rádio Clube, Tony indagou Rita se Eugênio estava. Ela informou que estivera após o almoço e avisara que iria ao enterro. Ele agradeceu, passou pela técnica, disse oi a Palimércio e Vivaldino das Dores e brincou:

– Que mamata, hem, Pali? Só gravações. Parece finados.

– É isso aí, bicho – respondeu Palimércio, com os grandes e alvos dentes à mostra. – Estou até com medo de ficar doente com essa diminuição de trabalho.

– Falô.

Tony foi para a sala de Eugênio, esticou-se no sofá, fechou os olhos e ficou relembrando os anos felizes de sua infância até adormecer.

Foi acordado com um cutucão de Eugênio.

– Acorda, rapaz.

– Ham? O que houve? Ah! É você? Eu estava à sua espera e cochilei.

– Você tem sorte. Eu infelizmente tive que ir ao enterro do Bezerrinha. Ossos do ofício. Se pudesse, não teria ido. Me cansei e fiquei deprimido. Puxa, Tony, que coisa desagradável, todo o mundo sabendo que o moço se suicidara com cocaína e dona Guida sendo enganada... Debruçada no caixão, ela chorava de dar pena.

– É, chefe, a vida tem dessas coisas lamentáveis. Mas... sabe, Eugênio?, eu preciso visitar minha família em Londrina e pensei em ir hoje à noite. Gostaria que você me liberasse por três dias. É possível?

Eugênio ficou sério, passou a mão na barba e perguntou:

– Você precisa ir mesmo?

– Preciso. Meu pai está doente. Então?...

– Tudo bem. Acerte com o João ou o Vivaldino para lhe substituir.

– O Viva está aí. Vou falar com ele. E muito obrigado, chefe.

– Tudo bem. Faça boa viagem.

– Então, tchau.

– Tchau.

Tony deixou a sala pensando que não devia ter mentido a Eugênio dizendo que seu pai estava doente. Devia ter dito logo a verdade: ia porque sentia saudade da família e pronto.

Passou pela técnica e acertou com Vivaldino das Dores para substituí-lo, despediu-se dele e de Palimércio e foi à portaria.

– Ritinha, eu vou viajar, vim me despedir de você e dizer que você está livre de mim por uns três ou quatro dias.

– Que é isso, Tony? Você sabe que eu gosto de você. Você é o amigo que eu sempre esperei ter nesta PRCebola.

– Ex-PRCebola.

– É isso aí. Vá com Deus, Tony. E obrigado pela mão que você me deu.

– Será que você não merecia mais? Tchau.

– Tchau. E boa viagem.

Ele foi a pé à rodoviária, comprou a passagem e se dirigiu ao posto telefônico.

Entrou na cabina e discou para a casa de seus pais.

Uma voz de mulher atendeu:

– Pronto.

– É dona Carmem?

– Sim. Quem fala?

– É Tony.

– Tony?

– É Antônio Luís, mãe.

– Oh, meu filho... Não reconheci sua voz.

– Como está a senhora?

Fez-se silêncio, ele pensou que a ligação tivesse caído.

– Alô. Alô, mamãe, como está a senhora?

– Eu... eu... eu estou bem, Toninho. Você está bem? De onde fala?

– Estou numa cidade do interior de São Paulo, Remanso. Estou bem.

Telefono pra senhora para lhe dizer que estou com muita saudade e irei visitá-la. Estarei aí amanhã cedo.

– Que bom, meu filho. Venha mesmo.

– E papai, como está?

– Está deitado. – E baixando a voz: – Ele está muito doente. Não pode sair da cama. Vive falando em você, que tem medo de morrer sem vê-lo. Quer falar com ele? O telefone agora é sem fio.

– Não, mamãe. Deixe ele sossegado. Quando acordar, diga-lhe que estarei aí amanhã cedinho para lhe pedir desculpa por tê-lo magoado tanto. E à senhora também. Perdão, mamãe.

– Nem pense nisso. Toninho...

– Senhora?

– Você está bem? O que está fazendo aí?

– Trabalho na rádio. Sou locutor. Estou bem. Amanhã a gente conversa bastante. E Maurício? E Neusa?

– Ele mora em Maringá e ela, em Campo Mourão. Os dois estão casados.

– Então, mamãe, até amanhã.

– Toninho... – murmurou ela e começou a chorar.

– Não chore, mamãe. Amanhã estarei aí. Um beijão pra senhora. Tchau.

– Tchau, meu filho. Cuidado, viu? E Deus lhe pague por ter telefonado.

Tony deixou o orelhão e, caminhando lentamente em direção à Sagrada Família, recordava o que lhe dissera o prof. Rufino: "Tudo na vida tem seu tempo". Era uma grande verdade. Agora sabia que realmente há um tempo para crescer, um para amadurecer e um para compreender o amor dos pais.

26

À s dez e quinze, quando encostou no guichê da rodoviária para comprar a passagem, Tony teve sua atenção despertada por um menino, sentado no chão, que tocava um acordeonzinho. Era um garoto de uns quatorze anos, com lindos cabelos negros encaracolados e o rostinho fino e pálido. Ele balançava a cabeça de um lado para outro marcando o ritmo da música. Entre suas pernas, havia um pedaço de cartolina, onde se lia: "Ajude um cego. Deus lhe pague. Deus lhe ajude. Muito obrigado". Ao seu lado, uma menina de uns 10 ou 11 anos, morena de cabelos longos, tomava conta de uma pequena caixa de papelão para coletar esmolas.

Tony se aproximou dos dois. Tirou do bolso uma nota e colocou na caixinha. A menina agradeceu e ele aproveitou para perguntar:

– Vocês são irmãos?

– Sim – respondeu ela, batendo no ombro do menino para parar de tocar. – Ele é cego.

– São daqui?

– Não. Acabamos de chegar de Porto Feliz. Nós andamos de uma cidade pra outra tocando e pedindo ajuda.

– Não têm pais?

– Eles morreram no mês passado num desastre de caminhão de boias-frias.

– Mas aqui e a esta hora não podem ficar. Logo a polícia vem fazer a ronda e leva vocês.

– É até bom. Assim a gente tem onde dormir. Eles levam a gente e soltam no dia seguinte. Dão até o café da manhã.

– E assim vocês vão levando a vida, né?

– É isso mesmo.

O ônibus vindo de São Paulo encostou na plataforma, Tony viu-o e pensou: "Puxa, eu teria que ajudar esses garotos, mas não posso. Já avisei minha mãe que seguia hoje. Que fazer?". Matutou mais uns segundos e disse:

– Olha, eu gostaria de ajudar vocês, mas tenho que viajar nesse ônibus e só volto daqui a três dias.

– Onde você trabalha?

– Na Rádio Clube. Daqui a quatro dias, podem me procurar que vou pensar num jeito de ajudar vocês. Tá bom?

– Ôôôô...

Tony passou a mão na cabeça do menino e perguntou:

– E você, não diz nada, garoto?

Ele sorriu e respondeu:

– Deus lhe pague.

Tony disse tchau e, quando ia para a porta do ônibus, a menina o chamou. Ele se voltou e ela indagou:

– Moço, qual é seu nome?

– Tony. Tony Luz.

– Boa viagem, Tony. Vá com Deus.

Ele acenou com a mão e entrou no ônibus.

Sentou-se numa poltrona do fundo, fechou os olhos e se lembrou de um provérbio chinês que lera num livro de filosofia oriental: "O bem que hoje semeias é a felicidade para o amanhã".

Pouco depois, partiu para Londrina, com a certeza de que estava dando um grande passo em busca de sua paz interior. Algo lhe dizia que estava no caminho certo e que continuaria a procurar seu lugar ao sol.

Biografia

LANNOY DORIN

Nascido em 1934, em Tambaú, interior de São Paulo, Lannoy Dorin é jornalista, pedagogo, mestre em psicologia e professor. Lecionando desde 1959, já atuou na formação de professores e de psicólogos, além de ter colaborado na criação de duas universidades, dez faculdades e em torno de vinte cursos de nível superior pelo interior paulista.

A carreira de escritor iniciou-se com a publicação de seu primeiro livro de psicologia em 1969, pela Editora do Brasil. Antes, porém, colaborou também com inúmeros jornais e revistas escrevendo diversos artigos. Muitos foram os livros publicados e entre eles destaca-se sua produção voltada ao público jovem, com temáticas relacionadas aos problemas comumente vivenciados nessa fase da vida.

Todos os seus livros juvenis foram escritos com base em histórias reais, coletadas a partir de sua experiência como professor e psicólogo. Casado, pai de quatro filhos, avô de dois netos, mora em Jundiaí, SP, onde é membro permanente da Academia Jundiaiense de Letras. Lannoy considera-se realizado por poder contribuir para a formação de tantos jovens, e com esta reedição de *À procura do sol*, revisada e readaptada, o autor deixa entrever seu compromisso com questões ainda tão importantes para a sociedade atual.

Impresso sobre papel Pólen Soft 80g/m².

Foram utilizadas as variações da fonte Sabon, de Jan Tschichold.